KiWi 482

Über dieses Buch
Doris, eine deutsche Journalistin, die sich zum wiederholten Male für ihre Redaktion zu einer größeren Recherche in Irland aufhält, erfährt, daß ihre irische Freundin, die Tänzerin Mary, ermordet worden ist. Doris wird in die Aufklärung dieses Verbrechens verwickelt und vermutet eine Verbindung zwischen den aus zahlreichen Kirchen geraubten Sheelaghs, den Hexen an der Wand, und den Morden. Sie kennt sich aus in der Gegend und mit der Kultur des Landes und erfährt als Außenstehende weit mehr als die einheimische Polizei. Zahlreiche Verdächtige tun sich ihr und dem inzwischen aus Dublin angereisten Kommissar auf, nichts scheint wirklich zusammenzupassen. Ist ihr Freund Father Keane in die Sache verwickelt oder John, in den sie sich verliebt hat und der zusammen mit Jürgen das Adventure Centre leitet? Welche Rolle spielt das Archäologenpaar, das auf den Aran-Inseln Ausgrabungen vornimmt? Mosaikstein für Mosaikstein fügt sich eine Geschichte zusammen, die spannend ist bis zum Schluß und dabei eine Menge über Irland erzählt.

Die Autorin
Hannelore Hippe, geboren 1951, lebte lange Zeit in Großbritannien und Irland. Sie arbeitet als freie Autorin für Hörfunk, Fernsehen und Print und veröffentlichte zahlreiche Features, Hörspiele, Glossen, Rezensionen und Kurzgeschichten. Heute lebt und arbeitet sie in Köln und Norwegen. Bisher veröffentlicht:
Niedere Frequenzen, Kriminalroman, Wien 1994; *Irische Gespräche*, Darmstadt 1996; *Der Friedhofsgärtner*, Kriminalroman, Wien 1997

Hannelore Hippe

Die Hexe an der Wand

Ein Irland-Roman

Kiepenheuer & Witsch

1. Auflage 1998

Umschlaggestaltung: Rudolf Linn, Köln
Satz: Greiner & Reichel, Köln
Druck und Bindearbeiten: Clausen & Bosse, Leck
ISBN 3-462-02688-7

»Ladies und Gentlemen, liebe Gäste, besonders begrüßen möchte ich am heutigen Abend die Bewohner des Stifts ›Zur heiligen Rose‹ aus Letterfrack.« – »Juchhu!« brüllte jemand an Marys Ohr vorbei. Die Rentner in der ersten Reihe kicherten. Ich blickte mich um. Enthusiasmus, der aus dem Bauch stammt, imponiert mir immer. Der spontane Spender ungeteilter Zustimmung zur Anwesenheit der fast zwanzig Senioren am irischen Abend in Tully gab sich nicht weiter preis. Ich verrenkte mir fast den vorletzten Halswirbel. Mary McCabe nahm das Mikrofon fest in die Hand und lächelte. »Wir freuen uns, daß Sie alle so zahlreich gekommen sind zur Irish Night in Tully.« Wir klatschten satte zehn Sekunden. Ich kannte den Ablauf. Erst würde die zehnköpfige Band zwei Reels und eine Hornpipe spielen, alte irische Melodien, die ersten beiden flott, die dritte langsamer mit einem verzögerten harten Rhythmus. Dann würde Mary mit ihrer ältesten Tochter Kerry »The Maids of Dungavon« tanzen, Leo würde ein Lied singen und ein Gedicht vortragen. Dann käme noch einmal Mary in Begleitung von Kerry und den zwei jüngsten Kindern, dem achtjährigen Brandon und der zehnjährigen Salome. Sie würden einen komplizierten Setdance vorführen, der Tänzer und Zuschauer immer wieder atemlos macht. Nur wenige Tänzerinnen beherrschten ihn so perfekt wie Mary McCabe, und sie war stolz darauf, diese irische Tanzform an alle vier Kinder erfolgreich weitergegeben zu haben.
Früher war Mary Grafschaftsmeisterin von Galway gewesen und hatte es sogar zum zweiten Platz beim All Irish Championship gebracht. Eine Tänzerin aus New York hatte sie damals knapp geschlagen. Wir kannten uns seit vier Jahren. Sie war eine meiner ersten Bekanntschaften hier in Tully, als ich Interviews

machte für einen Artikel über keltische Strömungen im römischkatholischen Glauben an der Westküste Irlands. Sie hatte gelacht, als ich sie bat, ihr als typisch irischer Hausfrau und Mutter ein paar Fragen stellen zu dürfen. Damals trug sie ihre langen braunen Haare noch in der Mitte gescheitelt. Ihre Nase war spitz und frech, und ihre Augen waren braun und, ja, es klingt blöde: sanft mit einem Schuß Aufruhr darin. Das waren die grünen Sprenkel der Iris. Was sie schon wissen und erzählen könne, gab sie zu bedenken. Sie sei fast nie aus Connemara herausgekommen und kümmere sich außer um Hof, Mann, Kinder und Kühe nur noch um die kleine Dorfkirche in Renvyle und die daneben. »Eben«, wandte ich ein. Deshalb hatte man mir in Letterfrack auch ihren Namen genannt, als ich herumfragte. Menschen erzählen mir oft Dinge, nicht nur hier und nicht nur Dinge, die ich wissen möchte, rein dienstlich gesehen, meine ich. Ich weiß nicht genau, woran das liegt. Meinem Berufsstand als Journalistin steht man eher abwartend bis skeptisch gegenüber. Doch ich bin für kirchliche, für religiöse Themen zuständig. Rieche ich nach Seelsorge? Das kann ich mir nicht vorstellen. Ich trete eher bizarr auf als bieder, wobei ich bieder für vertrauenserweckender halte. Nur Kinder, die durchschauen mich, die sehen klar. Einmal klingelte ich in Clifden im strömenden Regen und zu vorgerückter, dunkler Stunde an die Tür eines Bed and Breakfasts und bat um Obdach. Die Zwillinge, die mir öffneten, starrten mich mit weit aufgerissenen Augen an, drehten sich auf dem Absatz herum und rannten ihren Eltern mit einem markerschütternden »Mam, da draußen steht 'ne Nonne!« entgegen. Ich trug an jenem Abend mein knöchellanges, schwarzes Cape und meine Barettmütze. Ich hatte stirnfrei sehr freundlich gelächelt. Das ist es vielleicht. Man sagt mir ein aufmunterndes, freundliches Lächeln nach.

Die Band spielte noch, als ich auch Siobhan bemerkte, Marys Zweitälteste. Sie zwängte sich an den Knien der dritten Reihe vorbei, an deren Ende ich saß. Niemand war ungehalten. Sie schaute mich an, und ich beugte mich zu ihr herüber. »Mam will dich sprechen, direkt nach der Veranstaltung, o. k.?« Ich nickte. Und lächelte. »Ist was?« flüsterte ich halblaut. Siobhan zog ein wichtiges Gesicht. Sie war zwölf, da kann man das fließend. »Unbedingt. Warte auf sie hier nach der Vorstellung.« Sie drückte mir einen Zettel in die Hand und drängte sich zurück. Mary hatte nun mit Kerry zu tanzen begonnen. Irisches Tanzen ist eine ulkige, ernste und ziemlich komplizierte Angelegenheit. Man tanzt auch mit anderen nur für sich allein, lediglich die Füße tanzen zusammen. Die Körper tanzen im Grunde genommen auch nicht mit, erst von der Hüfte abwärts. Der Kopf, der Oberkörper und die am Körper anliegenden Arme werden von den Tanzenden wohl oder übel in Kauf und mitgenommen. Könnte man sie derweil in die Ecke stellen, wäre das auch in Ordnung. Es sieht daher für den Außenstehenden so aus, als hätte er es mit zwei verschiedenen Personen zu tun: einer tanzenden und einer nicht tanzenden, wenn Sie verstehen, was ich meine. Der Schnittpunkt beider Wesen oder die Stoß- und Nahtstelle liegt irgendwo knapp unterhalb der Taille, vielleicht am Nabel. Ich habe Solo- und Settänzern Hunderte von Malen zugeschaut. Die Faszination, die diese perfekte Zweiteilung auf mich ausübt, bei mir ist ungebrochen. Wie gelingt es ihnen, den Oberkörper absolut regungslos zu halten, während die Füße die kompliziertesten, blitzschnellen Schritte und Figuren zaubern? Wie können sie die kraftvollen, fröhlichen Sprünge mit einem Gesicht vereinbaren, das keinerlei Gemütsregung verrät? Vielleicht hat irisches Settanzen mit den Überlebensstrategien unter einer Kolonialherrschaft zu tun. Settänzer werden für mich immer rätselhaft und bewundernswert bleiben.

Plötzlich zuckte ich zusammen. Mary hatte sich einmal beim Tanz mit Kerry und zweimal mit ihrem Jüngsten vertan. Doch es ging kein Raunen durch den kleinen Saal des Gemeindezentrums von Tully, in dem seit über zwanzig Jahren von Juni bis September die irischen Abende für die angereisten Besucher stattfinden. Eine bunte Schar Iren, Deutsche, Holländer und Schweden meist, die in den letzten Jahren von einer nicht unbeträchtlichen Anzahl Italiener und Franzosen ergänzt wurde, zweier Nationen, deren ungewöhnliche Bereitschaft, das eigene schöne Land zu verlassen und die 26, bisweilen auch die 32 irischen Grafschaften zu besuchen, nur für die Anziehungskraft der Insel spricht. Amerikaner verirren sich seltener nach Tully, sie suchen eher ihre Wurzeln an den hotelumsäumten Gestaden der Grafschaft Kerry, weil sie so günstig neben dem interkontinentalen Flughafen Shannon liegt. Aber vielleicht sehe ich das auch nur sehr verkürzt.
Was ich an jenem Abend jedoch durchaus präzise wahrnahm, waren Marys falsche Tanzschritte, und kein Ire, Limburger, Däne oder Sachse hätte ein lauteres Griemeln durch den Raum wandern lassen. Was war mit ihr los? Ihr Gesicht war beim Tanzen so starr wie sonst, die Augen konsequent auf einen unerreichbaren Fixpunkt vor ihr gerichtet. Das war Setdancing. Doch Marys Füße, in denen die ganze Konzentration ihres Körpers, ja ihrer Seele zu liegen schien, offenbarten Nuancen der Unaufmerksamkeit, der Nervosität.
Ich setzte mich aufrecht auf den harten Stuhl, und nach ihrem zweiten Fehler sah ich ihr ins Gesicht. Der kurze Pony, den sie seit letztem November trug, wippte. Sie sah mich nicht, sie tanzte. Als vor der Pause die Lichter wieder angingen, entfaltete ich den Zettel, den Siobhan mir in die Hand gedrückt hatte. Ich hielt ihn halb hoch, um ihn im Schein der nahen Wandlampe zu entziffern. »Es ist unglaublich, Doris. Bitte warte auf mich, wegen Sheila.« Ich starrte einen Moment lang auf den Zettel und zerknüllte ihn sofort. Mir war nicht wohl bei der Sache,

doch ich vermochte nicht genau zu sagen, was mich eigentlich so unruhig machte. Wer, zum Teufel, war Sheila? Ich kannte niemanden in der Umgebung mit diesem Namen.
Alle strömten aus dem Saal. Die Band, die Sänger und die Tänzer gingen in die rückwärtig liegende Garderobe. Ich mußte ins Lesen der Notiz vertieft gewesen sein, denn ich konnte mich später nicht daran erinnern, daß Mary noch an mir vorbeigegangen war.
Die Pause dauert normalerweise eine Viertelstunde bis zwanzig Minuten. Alle treten an die frische, feuchte Luft, wer muß, raucht eine Zigarette. Die Garderobentür öffnet sich auf das dunkle Feld, wo wir dann alle herumstehen. Danach sind die Bänke und Stühle im Saal an die Seite geschoben, wir Gäste dürfen, sollen, können, müssen tanzen.
Ich zündete mir draußen eine Zigarette an und hielt meine Hand dabei schützend über sie, denn es hatte feiner Sprühregen eingesetzt. Ich atmete durch. Der Regen tat mir gut. Connemara ohne diesen Regen ist wie Venedig ohne Gondeln. Ich habe schon lange aufgehört, 35 Grad im Schatten in stickigen Städten wie Köln, Frankfurt oder Leipzig als gutes Wetter anzusehen, nur weil man mir diese Einstellung irgendwann einmal antrainiert hatte. Für mich ist schlechtes Wetter, bad news, wenn ich keine Wahl mehr habe, das zu tun, was ich mir vornehme, und zu Hause in abgedunkelten Räumen auf Abkühlung hoffen muß. Das Wetter hier behindert mich nie. Ich wähle lediglich meine graugrünen Gummistiefel und meinen Anorak und gehe raus. Als wir wieder hineingingen, saßen die Band, die Tänzer und die Sänger schon wieder auf der Bühne. Ich suchte nach Mary. Mary war nicht da.

Man fand sie am nächsten Morgen, als es hell wurde. Ihr starrer Körper lag fünfzig Meter entfernt vom Gemeindesaal von Tully. Ihre Augen starrten blicklos geradeaus. Ihr Oberkörper war steif, und ihre Füße, die noch in den geschnürten Set-dancing-Schuhen steckten, zeigten in zwei entgegengesetzte Richtungen. Ich war nicht dabei, als man sie fand, man hat es mir erzählt. Sie war erdrosselt worden. Ich weinte.

Die St. Killian stimmt mich immer sorgfältig auf Irland ein. Von Le Havre aus verlasse ich den Kontinent auf einem schwimmenden Quasi-Irland, eben der St. Killian. Manchmal ist es auch, wer hätte es nicht erwartet, die St. Patrick, eine ältere und kleinere Schwester der St. Killian. Bin ich erst einmal auf den Irish Ferries, benötigen die nun mit Recht 22 Stunden, um mich aus dem regelmäßigen Verkehrschaos von nicht vorhandenen Beschilderungen und angriffslustigen Automobilisten im Norden Frankreichs zu befreien und auf ein anderes Umgehen miteinander vorzubereiten. 22 Stunden sind eigentlich ein Klacks dafür, aber irgendwie schaffen sie es immer auf der Killian, selbst bei Windstärke acht. Ich war knapp vier Wochen vor Marys Ermordung wieder auf die Insel gekommen.
Die kleine Autoschlange wurde in Frankreich an Bord gewinkt. Endlich! Jedesmal halte ich die letzte halbe Stunde im häßlichsten Teil der Normandie, dem Hafen von Le Havre, kaum noch aus. Ich setzte die Sonnenbrille ab und verstaute sie direkt hinten im Handschuhfach. Die Männer am gähnenden Bug der Autofähre grinsten und winkten, besaßen einen triftigen Grund für den Einsatz ihrer Handys, die wahrscheinlich nur so aussahen, als wären sie Handys. In Wirklichkeit waren sie unverzichtbare Vermittlungsträger für wichtige Informationen, die seit dem plötzlichen Verschwinden der Herald of Free Enterprise und der Estonia vor einigen Jahren zu ernster Bedeutung gelangt waren. Der grüne Volvo vor mir trug ein deutsches Nummernschild wie viele der Autos, deren Insassen auf diese Weise dokumentieren, daß es für sie einen Umweg, ja geradezu ein Hinhalten bedeutet, Irland über Britannien zu erreichen.

Ich vermutete, daß sie alle gegen sechs Uhr morgens in ihren Außenkabinen eine verschmitzte Zunge gen Lands End herausstrecken würden, an dem wir zu dem Zeitpunkt vorbeischippern würden.
Mein staubverkrusteter Sicherheitsfiat wurde bis auf zehn Zentimeter an den Volvo herangewinkt. Während ich mal wieder bei geschlossener Tür im Wagen herumturnte, um Last-Minute-Requisiten in die offene Übernachtungstasche zu werfen, stieg ein Mann aus dem Wagen vor mir aus und schloß sorgfältig ab. Mein Fiat wackelte wohl so, daß er erstaunt in meine Richtung schaute. Ich registrierte, daß er ziemlich gut aussah, vom blonden Haar mal abgesehen. Doch niemand ist perfekt. Ich hatte nun meine Gymnastikübungen beendet und versuchte, den Wagen zu verlassen. Der Blonde guckte gespannt. Warum, erhellte sich mir erst Sekunden später. Die Fahrertür ließ sich exakt zehn Zentimeter weit öffnen. Die französische Familie neben mir hatte sich entgegen den Anweisungen der irischen Mannschaft, das unterstellte ich ihnen einfach, zu eng an meinen Italiener geschmiegt. Ich war gefangen. Rechts ging gar nichts, da war die Wand. Der Blonde guckte immer noch gespannt und machte Handzeichen. Ich nickte erschöpft und fluchte in vernünftigem Rahmen. Dann kurbelte ich das Fenster herunter.
»Ich hole jemanden von der Mannschaft. Einen Augenblick, ja?« sagte er. Zum Dank erntete er ein mattes Lächeln. Es dauerte 25 Minuten, bis Papa von der Franzosentruppe in dem noch leeren Restaurant geortet und zurückbeordert werden konnte. Weitere 20 Minuten vergingen, bis alle hinter ihm stehenden Autos Raum für ein intelligenteres Führen des Vehikels freigaben. Ich hatte beschlossen, daraufhin als erstes die Crystallounge, einen der zwei Pubs an Bord, aufzusuchen und irische Gelassenheit mit Hilfe eines kleinen Glases Guinness zu erlangen. Wir liefen mit fast einer Stunde Verspätung aus.

Es war ein schepperndes Geräusch gewesen, das mich aus dem Schlaf riß. Ich schlafe nie sehr tief, nicht nur auf Schiffen. Bevor ich mich in meiner Koje aufsetzte, knipste ich die Leselampe an. Ich bilde mir immer ein, bei Licht besser zu hören. Aus der Nebenkabine hörte ich eine Männerstimme, gedämpft zwar, doch waren Schiffswände an diesen Stellen dünn. Eine warme Welle des Wohlbefindens durchlief meinen Körper. Beide Stimmen, es hatte sich nun eine zweite, ebenfalls männliche Stimme gemeldet, redeten in dem weichen, melodischen Akzent, den Iren im Englischen haben. Für mich erzeugt von Iren gesprochenes Englisch, besonders nach längerer Enthaltsamkeit, das gleiche Wohlbefinden wie die erste Nase Luft in einem der Orte an der Westküste. Da ist Luft nicht einfach leere Luft. Sie ist angereichert mit dem unverwechselbaren Geruch der Torffeuer, der ihr eine besondere Note verleiht. Jedesmal ist es das gleiche, wenn ich in Oughterard hinter Galway aus dem Auto steige: Ich schnuppere leicht verzückt, ich gebe diese kleine Schwäche gerne zu, dann atme ich die Luft tief ein und bin da. Ich weiß, auch ich kenne zahlreiche Menschen, Iren, aus Laois oder Louth, die sagen: »Es stinkt!« Es ist halt alles oder vieles eine Frage des persönlichen Standpunkts und des Geschmacks und der Erinnerungen.

»Und wie sieht Cathleen aus?« Das war wieder die gedämpfte Stimme. Ich lauschte lächelnd, während ich aufrecht im Bett saß. Die Zudecke lag wie immer bereits halb auf dem braunen Teppichboden.

»Ziemlich gut.« Das war die andere Stimme.

»Hat einen skeptischen Blick.«

»Wirklich?«

»Sehr schlank, schmale Hüften, kleine Brüste.« Ich fixierte die Leiter, die an der Wand hing. Sollte ich weiterlauschen? Die beiden Männer waren nicht aufdringlich laut in ihrem Austausch über die körperlichen Vorzüge der Dame. Sollte ich husten oder halblaut mit mir sprechen, um auf den Horcher an der

Wand um vier Uhr morgens in der Nachbarkabine hinzuweisen? Ich entschied mich dagegen und knipste die Lampe aus, nachdem ich die Decke zu mir gezogen und über dem Laken drapiert hatte. Als ich der Wand den Rücken zukehren wollte, um mir die Decke über die Ohren zu ziehen, hörte ich gerade die weniger gedämpfte Stimme: »Das Beste an ihr überhaupt, was Rundes, kann eine Scheibe sein oder ein Hufeisen«.

Da die zwei Iren nun offenbar bereits zu den Hobbys der Lady übergegangen waren, grinste ich mir eins. Zwar hatte ich bisher in meinem Leben nur mit zwei irischen Männern ein intimeres Verhältnis gehabt, und auch die lagen schon lange zurück, doch glaubte ich mich noch gut daran zu erinnern, daß sie ihre anfängliche Schüchternheit im Gespräch immer dann abgelegt hatten, wenn sie über Geschlechtsneutrales reden konnten. Eins der beliebtesten Terrains dabei war der Sport gewesen. Irische Männer sind meist sehr verklemmt. Oder sind sie lediglich scheu?

Hinter mir ertönte das Geklapper von Hufen auf der Wiese. Ich stand am Doo Lough, dem düstersten See Mayos, meinem erklärten Lieblingsgewässer hier oben, und beobachtete die zwei Männer in der Mitte des Sees mit ihrem Gilly, die Angeln nach Lachsen ausgeworfen hatten. Fly Fishing ist eine bizarre Angelegenheit, eine Spitzfindigkeit der Angelkunst, eine halsbrecherische psychologische Variante des ewigen Jäger-und-Gejagten, des Kampfes zwischen potentiellem Besitzer und Besessenem. Als Peter Mantle, der Besitzer Doo Loughs, es mir vor Jahren erklärt hat, habe ich es zunächst für einen Scherz am Fisch, danach für einen Scherz am Menschen gehalten. Meist waren es Männer, die angelten, nur ab und zu traf ich bei meinen Streifzügen an den lachsschwangeren Flußläufen Irlands auch auf eine Dame mit Gummistiefeln bis zum Bauch und dem dunkelgrünen Kescher über der Schulter.

Nun wohl, man besorge sich eine farbige Fliege – keine richtige, sondern ein fedriges, circa eineinhalb Zentimeter langes luftiges Gebilde, befestige es am Angelhaken und werfe es dorthin, wo man den Lachs vermutet, also ihm entgegen. Wer nun der nicht unbedingt abwegigen Ansicht sein mag, daß der silbrig glänzende Fisch auf farbenfrohen Federschmuck steht, ja unter Umständen sogar schier verrückt danach zu sein scheint, dessen Denk- und Empfindungsvermögen operiert zu vordergründig. Irische Lachse finden – vermutlich ebenso wie norwegische – die Federn unappetitlich bis völlig uninteressant. Was sagt man nun?

Fly Fishing ist perfide. Man lasse sich das noch mal genau auf der Zunge zergehen und lerne daraus fürs Leben: Mensch will Fisch. Fisch will keine Fliege. Mensch weiß das. Wirft trotzdem Fliege zum Fisch. Fisch schmollt. Fisch rümpft die Nase. Fisch kratzt die Kurve. Mensch steht zu seiner Fliege. Läßt sie da. Fisch zuckt mit den Flossen. Dreht um. Denkt um. Fisch meint, er hat keine andere Wahl. Mensch auch nicht. Fisch nimmt die Fliege mit spitzen Zähnen. Fisch schluckt. Mensch triumphiert. Ein Köder, der dem Fisch mundet, das kann jeder. Nicht nur gegen die Intelligenz des anderen, sondern auch noch gegen seinen Willen zu siegen. Da kommt erst mal lange nichts mehr …

Am nördlichen Ende vom Doo Lough, an der schmalen Straße zwischen Leenane und Lewisburgh – einer der schönsten Straßen des Landes – stehen zwei Kreuze im Abstand von wenigen hundert Metern. Sie erinnern an die Katastrophe von Delphi. So heißt dieses menschenleere Tal, das im Süden vom Fjord Killary Harbour, im Westen von dem über 800 Meter hohen Massiv des Mweelrea, im Norden vom heiligen Berg der Iren Crough Patrick und der Clew Bay eingeschlossen wird. Vierzehn Kilometer von Lewisburgh im Delphital liegt Delphi Lodge, das ehemalige Jagdschloß der Grafen zu Westport. Es war 1849 Ziel einer Gruppe von 400 bis 500 hungernden Menschen, die während der großen Hungersnot in Irland dorthin aufbrachen in der Hoffnung, von den versammelten Gutsbesitzern und Ratsherren Lebensmittel zu erhalten. Man wies die ausgemergelte Schar Männer, Frauen und Kinder ab und schickte sie zurück, nach Lewisburgh. ›Nach Hause‹ zurück wäre nicht der korrekte Ausdruck gewesen, denn ein Zuhause besaßen die meisten irischen Landarbeiter schon lange nicht mehr. Und wenn sie nicht die Kraft aufbrachten, sich noch bis in die Häfen von Derry oder Cork zu schleppen, ihre Leiber noch nicht zu entkräftet und zu fiebrig waren, um ihre Arbeitskraft noch für die Überfahrt feilbieten zu können, hatten sie in ihrer Heimat so gut wie keine Chance zum Überleben. Von acht Millionen Iren zu Beginn der Katastrophe 1845 waren 1850 noch 1,5 Millionen geblieben. Drei Millionen, so schätzte man, schafften den Turn in die Neue Welt, in der es genug Kartoffeln gab, die noch nicht durch Mißernten vernichtet waren, und deren Besitz und Verteilung nicht von englischen Kolonialherren abhing. Der Hufschlag war verstummt.

»Doo Lough ist der schönste See für mich.«

Die Stimme war sanft und dunkel und veranlaßte mich zur umgehenden Veränderung meiner Position. Er saß auf einem Connemara-Pony, einem Wildpferd aus dem Westen Irlands, das mit einer Schulterhöhe von 1,50 Meter weder einem Plüschtier noch einem Vollblut ähnelt. Es ist die einzige Art Vierbeiner, auf die sogar ich mich wagen würde. Das Tier hatte graumeliertes Fell, beinahe schwarz.

»Für mich auch«, entgegnete ich.

»Trotz der Katastrophe?«

»Trotz der Katastrophe.«

Ich lächelte an ihm hoch. Hier kennt man nach kürzester Zeit jeden zumindest vom Sehen. Er war mir noch nie während meiner Aufenthalte hier begegnet. Vielleicht ein Dubliner auf Entspannungsurlaub? Kelten sagt man telepathische Fähigkeiten nach.

»Ich heiße John.«
»Doris.«
Er hatte mich nicht angeschaut. Noch ein schüchterner Ire. Irgendwann mußte es doch mal eine Ausnahme geben. John reagierte jedenfalls sofort auf meine stillen Erwägungen.
»Ich lebe zehn Meilen von hier, Richtung Renvyle, Tully.«
Amüsiert betrachtete ich ihn. Dann erzählte er mir von seinem Adventure Centre, das er mit einem alten Kumpel, einem Deutschen, seit ein paar Jahren führte. Sie böten alles mögliche, was von der atemberaubenden Natur vorgegeben wurde, an. Wasser und Berg teilten sich die Aufgaben. Kajak, Kanu, Segeln, Tauchen, Abseilen, Surfen, Bergsteigen, Bogenschießen, Wandern, Überlebenstraining. Sie lebten in einer alten Villa. Wenn ich Lust hätte, könnte ich ja gern mal vorbeischauen. Er hatte mich nun voll angeschaut. Schwarze Augen, lange Wimpern, ich mußte schlucken und fixierte den linken Huf des Connemaras.
»Ich bin völlig unsportlich.«
John lachte. »Ich habe auch keine Werbung fürs Centre machen wollen, das läuft von alleine. Ich wollte Ihnen einfach etwas erzählen.«
Ich sagte schon: mir wollen viele Leute etwas erzählen!

»Father, ich weiß es nicht.« Sein grauer, unbändiger Haarschopf war ihm ins Gesicht gefallen. Nun lugte seine prominente Nase hinter den Strähnen hervor. »Reg' dich nicht auf, wir wissen es alle nicht.«
Damit hatte sich Father Keane, der Jesuitenpater, der die Gemeinden Tully, Tullycross, Letterfrack, Renvyle, Lettergesh und Glassilaun betreute, in den abgeschabten, braunen Ledersessel zurückfallen lassen. Er angelte sich ein weiteres, von seiner Haushälterin Mary hauchdünn geschnittenes Schinkenbrot vom Woytila-Teller, wie er sein Service nannte, das zu Ehren des

Papstbesuchs in Knock 1980 von einer großen irischen Porzellanmanufaktur herausgegeben worden war. Die Manufaktur lag übrigens in Nordirland.
Father Keane kannte ich seit meinem ersten Besuch in dieser Gegend Connemaras. Father Keane war unübersehbar. Auch wenn ich nichts mit Religion und Kirche beruflich zu tun gehabt hätte, wäre ich nicht an ihm vorbeigekommen. Das lag nicht an seinen unkeltischen 1,97 Metern. Father Keane war, wie man hier so schön sagt, »the life and soul of the party«, der Mittelpunkt aller Dinge, die hier in seinen menschenleeren Gemeinden passierten. Doch er kümmerte sich nicht nur um die spirituellen Belange seiner verstreuten Schafe. Egal, was es war, er engagierte sich für die Sommerparty im Gemeindezentrum wie in der Bürgerinitiative gegen die Ausbeutung des unverwüsteten Delphitals. Father Keane hatte sich auch im Sommer auf die A59, die Hauptverkehrsstraße Connemaras, gesetzt und wäre dort geblieben, bis Garda, die irische Polizei, ihn weggetragen hätte. Aber soweit wäre Garda nie gegangen. Keane schon. Keane in seinem Selbstverständnis war an seinem Platz, für die Menschen und mit Gott, in dieser Reihenfolge. Die Hölle war hier jedoch jedesmal zu Halloween los, in der Nacht vom 31. Oktober zum 1. November, wenn die Iren ihrer vielen Toten gedachten und die dünne Firnis, die an der Westküste vom Katholizismus über das wilde Keltentum gepinselt worden war, Risse zeigte. Father Keane spielte mit diesen Rissen oder ließ ihnen zumindest ihren Platz. Modisch würde man sagen, er integrierte sie, wie es seine mönchischen Vorfahren vor 1500 Jahren getan hatten. Oder war er nach all dieser Zeit im Grunde genommen selbst noch auf der anderen, der keltischen Seite? Trotz seiner unkeltischen 1,97 Meter?
»Wer hatte Mary umbringen wollen und warum?«
Ich war schon wieder den Tränen nahe, schluckte, um es zu vertuschen. Der Priester lehnte sich über den niedrigen Teetisch und bedeckte meine kleine Hand mit seiner fleischigen großen.

»Doris!« Er rief meinen Namen. Dann senkte er die Stimme. »Sie hat dir also über ihre Tochter noch kurz vorher eine Nachricht zukommen lassen. Du hast sie mir gezeigt.«
Ich nickte. Mehr gab es nicht zu berichten. Und auch die örtliche Garda hatte ich davon in Kenntnis gesetzt. Der betreuende Polizist fand die Botschaft so merkwürdig und rätselhaft wie ich. Aber er wartete auf personellen Nachschub aus Dublin. Selbst Galway, die nächstgrößere Stadt, und immerhin die sechstgrößte der Republik, hätte nach Michael Keanes Ansicht nicht genügt. Er hatte sich an die höchste Stelle in Dublin gewandt, obwohl er bei allen anderen Aktivitäten und Diskrepanzen Dublin als inkompetent abgelehnt und Zuspruch für das, wofür er stand und für die Seinen aus Westport, bestenfalls aus Galway angefordert hätte. Doch nach Mary McCabes Ermordung hatte er kategorisch auf Dublin bestanden. Ich begriff es nicht.
»Die kennen sich hier nicht aus, Father.«
Er schwieg. »Bisher war das eine nicht zu unterschätzende Tatsache für Ihre Ablehnung Dublins. Das haben Sie mir immer gesagt.« Ich schaute ihn schräg über den Rand meiner Teetasse an. »Father, warum der plötzliche Sinneswandel?« In seiner weitläufigen Kutte rumorte es. Seine Knie schienen sich ineinander verhakt zu haben oder waren zumindest in Disharmonie miteinander geraten. Schließlich erschienen zwei ausgestreckte Füße in weißen Nike-Sportschuhen am Ende des Habit, das dem Boden am nächsten war.
»In diesem Fall ist es zum erstenmal von Vorteil, wenn jemand aus Dublin kommt und so weit weg vom Geschehen ist.« Sein linker Fuß spielte mit einer halbvollen Tüte Kartoffelchips der Geschmacksrichtung Salz und Essig. Ich seufzte, und er setzte sich senkrecht im Ledersessel auf.
»Du sagst es, in Dublin haben sie keine Ahnung von dem, was uns hier betrifft.«
Ich nickte folgsam. Das hatte ich selbst als Ausländerin schnell mitbekommen. Und dazu mußte man nicht die Hellste sein, son-

dern nur Augen und Ohren im Wilden Westen hier aufsperren. Dublin war weit, 250 Kilometer entfernt. Und Irland ist zentraler organisiert, als wir es von Ländern des europäischen Kontinents gewöhnt sind. Selbst im zentralistischen Frankreich auf der anderen Seite des Kanals würden sie vor Neid erblassen, könnten sie erfassen, was auf der Insel hier wie organisiert ist. Aber wie in allen Bauchnabelländern war es niemandem in der EU aufgefallen, was natürlich im engeren Zusammenhang damit stand, daß es erstens niemanden auf dem Kontinent interessierte, was oder wie Irland eigentlich ist, und zweitens, daß sie mit dem, was sie aus Dublin präsentiert bekommen, zufrieden sein konnten. Also, weshalb umständlich an Irland rühren und es zu verstehen versuchen?

»Diesmal ist es von größtem Vorteil, weil ich wirklich nicht mehr weiß, wem ich hier in unserem Landstrich und der Diözese vertrauen kann und wem nicht.« Keane warf seine zwei Zentner mit Wucht gegen die Rückenlehne des Sessels, und es knackte bedrohlich. »Warum?«

Er schien meine Frage nicht gehört zu haben.

»Dir als Ausländerin erzählt man eh mehr als unsereinem. Du läufst sozusagen außer Konkurrenz. Und deine Neugierde, die auch ein Hauptcharakteristikum irischer Mentalität ist, wirkt unbedrohlicher als die Neugier eines Nachbarn.«

»Ach ja?«

Keane war ernst geworden. Er steckte zwei Finger in den Priesterkragen, als wollte er ihn weiten, um besser Luft zu bekommen.

»Mary wollte dir etwas sagen. Nicht ihrem Mann, ihren Kindern, ihrer Mutter, mit denen habe ich schon mehrmals geredet, habe sie ins Gebet genommen, nichts, absolut nichts. Deshalb habe ich dich jetzt angesprochen, du wärst die ideale Partnerin.«

»Father, was spukt in Ihrem Kopf herum? Für wen bitte wäre ich die ideale Partnerin? Ich bin von meinem Selbstverständnis her für rein niemanden die ideale Partnerin. Fragen Sie meine drei geschiedenen Ehemänner, die legen ein gutes Wort für mich ein.«

Statt einer Antwort hielt Keane seinen rechten Zeigefinger nach oben. Ich blieb reserviert und bekräftigte mein Mißtrauen, indem ich beide Arme vor meiner Brust verschränkte. Ich schwieg nachdrücklich, ohne ein Fragezeichen zu setzen. Sein Finger fuhr etwas höher in die Luft. Ich ahnte Metaphysisches und mußte grinsen.

»Vollkommen unproblematisch, dein Selbstverständnis. Ich meine, Partnerin von Gott und Gottes Gerechtigkeit.«

Vergnügt knabberte er wieder am Schinkenbrot und schaute mich angriffslustig an.

»Ich eigne mich nicht als kontinentaleuropäischer Racheengel. Danke, Father.«

»Hab' ich auch nicht so gemeint. Unser ist nicht die Rache, nur die Gerechtigkeit müssen wir schon ab und zu auf Erden selbst herstellen. Der Herr wäre heillos überlastet sonst. Und ...« Er schluckte den letzten Bissen runter und lehnte sich wieder zu mir herüber.

»Die inoffizielle Partnerin von Jeremy Gallagher.«

»Der Name hat einen schönen Klang, sechssilbig, wer ist das?«

Keane nestelte umständlich in den verborgenen Taschen seines Priesterrocks. Schließlich zog er einen zerrupften Zettel hervor. »Das ist der Kommissar, den die Kriminalherren aus Dublin schicken. Kommt morgen früh hier an, und übermorgen abend seid Ihr beiden bei mir zum Dinner eingeladen. Mary macht Lamm. Du ißt das doch, mit Pfefferminzsauce, oder? Du bist eine der wenigen Ausländerinnen, die das genießen können. Bringst du vielleicht ein klitzekleines Fläschchen vom Rheingau-Roten mit, wenn du noch welchen hast?«

Ich knüllte die zierliche weiße Papierserviette, die vor mir auf dem kleinen Teetischchen lag, zu einem Ball zusammen und warf ihn ihm gegen die massige Brust.

Es war eine Orgie in Lila. Der Rhododendron stand nun im Juni in voller Blüte. Im 19. Jahrhundert hatte ihn ein Anglo-Ire in seinem Garten im Südwesten eingeführt und nicht gewußt, daß das feuchtmilde Klima und der karge Boden des Westens von Irland auf ihn gelauert hatten, um ihn fortan aufzusaugen, um ihm freies Geleit auf allen Wegen, auf allen Hügeln und brachen Wiesen in Irland zu garantieren. Das Land ergab sich hingebungsvoll den sattvioletten Blüten, die langsam, doch unzerstörbar und voller Selbstbewußtsein über die gesamte Westküste krochen, alles andere unter sich zerdrückend und mit einem undurchdringlichen Dickicht überziehend. Es gab keine passendere Ergänzung zu den Farben Grün und Grau, die das Lila vorfand, die Menschen stimmten dem zu und bedauerten lediglich, daß lila Rhododendron nicht eßbar ist. Zu spät bemerkten sie, daß Schönheit unbezähmbar ist. Zu lange war man von der Schönheit fasziniert, bis man merkte, wie zerstörerisch sie sein kann.

Ich fuhr im ersten Gang den holprigen Weg zum JJ Adventure Centre hoch, durch einen unendlich scheinenden Tunnel von lila Rhododendren. Ich sah den Himmel nicht mehr. Falsch, mein Himmel bestand aus Millionen von Blüten, die sich zueinander geneigt hatten und ineinander verkrallt für den Himmel gehalten werden wollten.

Als ich das Ende des Tunnels erreicht hatte, sah ich ein graues, flaches Farmhaus vor mir liegen. An der Rezeption des Centres wies mich eine resolute, junge, blonde Frau in Sweatshirt und Jeans weiter nach hinten, wo eine viktorianische Villa versteckt inmitten eines verwunschenen Gartens thronte. Die junge Frau hatte vorher mit dem Bewohner der Villa telefoniert und ihm gesagt, daß eine deutsche Journalistin John besuchen wolle. Mir war es etwas mulmig zumute, als ich den schmalen Weg durch das Gartentor nahm. Ich war nervös. Warum wußte ich nicht so genau. Nur der Huf des Connemara-Ponys kam mir plötzlich in den Sinn. Am Wegrand waren graue Rosen gepflanzt und elfenbeinfarbene, hohe Callas, die in dichten Büschen fast größer als ich zusammenstanden. Die Farbe Lila war vollends verschwunden.

»Sie?«

Er lehnte an der Tür und lächelte mich offen an. Ich blieb wie angewurzelt stehen.

»Das letzte Mal, als wir uns sahen, befreite ich Sie gerade aus den Fängen eines gedankenlosen hungrigen französischen Papas.«

Der Blonde aus dem grünen Volvo vor mir auf der St. Killian.

»Ich habe mich damals nicht vorgestellt, Jürgen Federking aus Freiburg und Tully.«

Er streckte mir seine Hand hin, und ich drückte sie.

»Kommen Sie rein, John kommt bald.«

War er in diesem Moment aus Freiburg oder aus Tully? Wäre er aus Freiburg, hätte seine Ankündigung, daß John »bald« erscheinen würde, maximal eine halbe Stunde Wartezeit bedeutet. War er jedoch aus Tully, hätte es gut und ehrlich den Rest des Morgens bis zur Mittagsstunde, also gut drei Stunden bedeuten können. Ich blieb abwartend auf der Türschwelle stehen.

»Bitte.«

Er machte eine einladende Handbewegung ins Innere des Hauses. Der Flur war dunkel, und meine Schritte waren langsam. Er berührte meinen Anorak, als er mich überholte, um vorzugehen.

»Das finde ich ja herrlich, daß wir uns hier wiedertreffen. Irland ist klein.«

Es schien ihn richtig zu amüsieren, daß wir uns wiedertrafen, ein irisches Phänomen, das, weil es mir so häufig bereits passiert war, mich nicht mehr hätte überraschen dürfen. Aber ich war platt.

»Kaffee oder Tee?«

»Tee bitte.« Noch hatten wir Morgen.

»Sind Sie häufiger hier in der Gegend?«

Ich erzählte ihm von meinen regelmäßigen Besuchen auf der Insel, teils dienstlich, teils privat in den Ferien so wie jetzt.
»Sie sind im Bereich der Theologie tätig? Finde ich toll.« Ich lächelte milde.
»Da haben Sie ja hier ein weites Feld. Hier ist fast alles religiös durchtränkt. Und obwohl ich selbst kein Kirchgänger bin, muß ich zugeben, daß mir das doch sehr gefällt.«
Der Deutsche machte einen untadeligen irischen Tee.
»Warum?«
Er schaute mir direkt in die Augen. »Weil es die Menschen hier doch im großen und ganzen ehrlicher macht, vielleicht nicht gesünder, aber verläßlicher.«
Jürgen war an dem Morgen tatsächlich aus Tully. Wir verbrachten Stunden damit, uns gegenseitig unsere Liebe zu Irland zu gestehen. Wie er vor fünfzehn Jahren erstmals hierhergekommen war, die Landschaft und die Menschen liebenlernte, wie er zunächst seine Stelle als Lehrer in Freiburg aufrechterhalten hatte und schließlich, nachdem er eine Irin kennengelernt und sich in sie verliebt hatte, hierherzog. Wie die Beziehung dann auseinanderging, die Liebe zum Land jedoch unverändert blieb und er nun dreiviertel des Jahres durch das Einkommen, das ihm seine Beteiligung an dem Adventure Centre garantierte, hier leben konnte. Den Rest des Jahres verbrachte er in Deutschland bei Freunden. John hatte er bei einer Exkursion zu frühkeltischen Ausgrabungsstätten vor acht Jahren kennengelernt.
»Interessieren Sie sich für Archäologie?«
Seine Stimme war nicht sehr tief, doch klang sie warm und herzlich. Deutsche, die in Irland hängenbleiben, und davon gibt es ja schon seit Jahrhunderten etliche, sind oft nicht so unangenehm wie ein großer Teil der Bewohner meines Stammlandes, habe ich immer wieder festgestellt. Die Neigung zum Regen und der Blick fürs Wesentliche stand häufig, natürlich nicht immer, in direkt proportionalem Verhältnis zur Dichte tätiger Gehirnzellen. Golfer und Angler wiesen in ihren Reihen einige

Ausnahmen auf, doch auch da konnte man meist davon ausgehen, daß sie sich etwas dabei dachten, nicht irgendwo herumzugolfen, sondern sich die Löcher im Boden der Grafschaft Wexford oder Kildare dafür auszusuchen.
»Was machen Sie denn hier, Ferien?«
Es schien ihn wirklich zu interessieren.
»Auch. Ich bin eigentlich nie richtig in Ferien. Bei mir verwischt sich alles.«
Jürgen schaute mich aufmerksam an. »Ich hätte Sie als Reisejournalistin eingeschätzt, aber Kirche, danach sehen Sie nicht aus.« Er lächelte.
»Wie sieht man denn Ihrer Meinung nach ›nach katholischer Kirche‹ aus? Zivile Schwesterntracht? Milde Dauerwelle auf Faltenrock? Oder das kleine Schwarze auf derbem Schuhwerk?«
Ich war nur mäßig amüsiert. Diesen Klischeevorstellungen begegne ich, wie gesagt, schon seit Jahren. Er blickte mich prüfend an und zögerte einen Moment.
»Sie hätte man zu einem anderen Zeitpunkt auf dem Scheiterhaufen verbrannt.«
»Aber nicht in Irland. Dies war der einzige Ort Europas, wo niemand verbrannt wurde. Ich nehme es aber trotzdem als Kompliment.«
Wir lächelten uns an. In dem Moment schellte das Telefon. Jürgen griff sich den Apparat und stellte ihn neben die Teetasse.
»Hi, Liam, natürlich.« Ich war ans Fenster getreten und konzentrierte mich auf die grauen Rosen vor der Tür. Es ist mir immer unangenehm, wenn jemand in meiner Gegenwart telefoniert. Ich empfinde es als eine Art der Entblößung, ein von mir nicht gewollter Einblick in ein privates Zimmer eines anderen Menschen, bei dem jemand die Zimmertür aus Vergeßlichkeit oder Nachlässigkeit sperrangelweit hat offenstehen lassen. Handys in Restaurants und Eisenbahnabteilen sind für mich eine Marter. Ich ekle mich. Nie würde ich eines benutzen, hatte ich mir immer geschworen.

»Nein, das geht nicht, da kann sie nicht bleiben, Cathleen muß da weg. Das ist kein Ort für sie. Gut, übernimm das, ich verlasse mich auf dich.«
Ich versuchte die Ohren zuzukneifen. Jürgen Federking sprach ein perfekt irisch klingendes Englisch. Ob er auch Gälisch konnte? Viele Ausländer, die hier leben, sind auf dem Gebiet Puristen und oft irischer als die Iren selbst. Er hatte aufgelegt, und ich drehte mich erleichtert um.
John stand in der Tür und schaute mich entgeistert an. Ich war nach der langen Wartezeit so überrascht, daß ich den Eindruck hatte, mein sonst so verbindliches Lächeln wäre einfach verschwunden.
»Hallo.«
Er schaute mich düster an und erwiderte meinen Gruß mit einem Kopfnicken. Dann schlenderte er zum Tisch und zündete sich eine Zigarette an.
»Ich dachte, ich schau mal vorbei, da Sie mich ja eingeladen haben.«
»Finde ich toll, daß du Doris zu uns eingeladen hast, John. Wir kennen uns nämlich schon und hatten uns glatt aus den Augen verloren.«
Das wiederum schien John zu verblüffen, und er schaute kurz zwischen mir und seinem Freund hin und her. Jürgen schilderte ihm die Befreiungsaktion auf der St. Killian in den schillerndsten Farben. Selbst ich mußte noch einmal lachen. John nicht.
Ich beschloß, das Weite zu suchen. Dieser Typ war ja nicht zum Aushalten.
»Ich bin weg, danke, Jürgen, für den Tee und den netten Morgen.«
Er strahlte mich an.
»War auch schön für mich. Sehen wir uns im Pub in Tullycross?«
Ich zögerte. John rauchte ohne aufzusehen.

»In Ordnung. Heute abend?«
»Prima.« Er streckte mir die Hand hin. »See you, John.«
Ich spielte das deutsche Handschüttelritual voll aus. Der schwarzhaarige Mann blickte hoch und reichte sie mir artig. »Kommen Sie auch?«
Unsere Blicke trafen sich kurz, dann senkte er wieder die Augen.
»Nein, ich habe zu tun.«
»Wie unirisch.«
»Den Iren macht bei uns der Jürgen. Wir tauschen ab und zu mal die Rollen, wissen Sie«, murmelte John. Ich winkte kurz und ließ das merkwürdige Pärchen hinter mir. Irgend etwas mußte den richtigen Iren unglaublich verärgert haben, oder – ich versuchte mich nicht am Gartentor umzudrehen – es war eine neue, aufregende Variante extremer irischer Schüchternheit, die er vorgeführt hatte. Der Mann war mir nicht geheuer.

Der Abend im Pub in Tullycross verlief interessanter, als ich zunächst erwartet hatte. Ich ließ mich nach guter Landessitte gegen halb zehn blicken und wurde schon von Jürgen an der Bar erwartet. Neben ihm hockte statt eines doch von mir heimlich erhofften dunklen Kompagnons Liam, der Lehrer in Westport war. Liam war kurz, drahtig und hatte eine flotte Zunge, hellbraune, dichte Locken und zahllose Sommersprossen. Liam war mir auf Anhieb unsympathisch, das stellte ich sofort fest, ohne mir die geringsten Vorwürfe mangelnder Fairneß zu machen. Dabei hätte ich nicht sagen können, weshalb ich ihn nicht mochte. Während John mir zwar nicht geheuer erschien, doch bei mir auch keineswegs Abneigung hervorrief, war mir Liam trotz allen Schönredens schlicht unangenehm. Er erzählte am laufenden Band von der Schule, von den miserablen Arbeitsbedingungen, von der hohen Anzahl der Kinder, die sofort nach dem Schulabschluß nach Amerika, England

oder Deutschland auswandern mußten, von der Entvölkerung der Westküste, vom Verschwinden ganzer Generationen, alles Dinge, die stimmten, und die wir auch, wenn wir gerade in Europas letztem Paradies das Glas erhoben, nicht vergessen durften. Doch es blieb dabei. Ich mochte ihn nicht. Politische Korrektheit ist schließlich kein Zauberstab.
Jürgen war fröhlich, freundlich, nett. Nett war das richtige Wort, den blonden Alemannen zu beschreiben. Er redete nicht viel, sondern überließ Liam weitgehend das Gesprächsfeld. Der Geräuschpegel des Pubs lag kurz unterhalb der Schmerzgrenze. Ich saß zwischen den beiden Männern, die mich und sich anbrüllten. Liam fragte mich dann über meinen Beruf aus. Wie ich recherchiere, was, wenn die Leute nichts sagen wollten, was, wenn sie zuviel redeten und alles uninteressant sei, was, wenn man meine Ideen klaute, was, wenn mein Artikel dem Verleger nicht gefiel? Er ließ nichts aus, und ich antwortete ihm präzise, doch unbeteiligt. Irgend etwas ging mir im Kopf herum, und ich kam einfach nicht darauf, was es war. Plötzlich stand ein dritter Mann hinter uns, schlug Jürgen freundschaftlich vertraut auf die Schulter und gab eine weitere Runde aus. Trotz meines Protestes gesellte sich ein drittes Pint in die unbewältigte Reihe auf der Theke vor mir. Ich ergab mich und schleckte den cremigen Schaum am frischgezapften Neuankömmling ab.
Der dritte Mann, stämmig, aufgedunsen und mit Halbglatze, wurde als Senatsmitglied Francis Doble vorgestellt. Er saß für seine Partei Fine Gael in Dublin Politik ab und kam, sooft es seine Zeit erlaubte, und sie erlaubte es anscheinend oft, ins Delphital zum Fischen. Doble war es, der den Mord an Mary erwähnte und seiner Empörung darüber Luft machte. Ich erzählte von meiner Freundschaft mit ihr und wie ich sie kurz vor ihrer Ermordung noch hatte tanzen sehen in Tully. Alle drei schauten mich bedrückt dabei an. Den Zettel, den mir ihre Tochter in die Hand gedrückt hatte, erwähnte ich nicht.
Liam sagte, daß auch er an jenem Abend kurz im Gemeindezen-

trum vorbeigeschaut habe, allerdings erst nach der Pause. Doble meinte, daß der Mörder auch ein Tourist gewesen sein könnte, die Westküste weise ja nur eine geringe Kriminalität auf. Für Dubliner würde er seine Hand nicht ins Feuer legen, aber hier, das sei doch etwas völlig anderes.

Liam stimmte ihm zu. Jürgen schüttelte nachdenklich den Kopf und kratzte sich verlegen am Kinn. Ich war plötzlich hellwach und konzentriert. Ich erwähnte, daß Mary, die eine erfahrene Tänzerin gewesen war, sich an jenem Abend mehrmals leicht in den Schritten vertan hatte, als sei sie nervös gewesen. Doble warf daraufhin Jürgen einen vielsagenden Blick zu, und Liam bestätigte aufgeregt meine Beobachtung. Irgendwo im Pub schepperte es. Da erinnerte ich mich sekundenweise an etwas. Doch bevor ich es fassen konnte, war es wieder verschwunden. Nun schwiegen wir alle, und ich hatte mir eigentlich nichts dabei gedacht, als ich schließlich die beiden Herren neben mir, an deren Telefongespräch vom Morgen ich mich nun erinnerte, fröhlich fragte: »Und wie geht's der armen Cathleen?« Die Reaktion war unbeschreiblich, ich hatte sie nicht erwartet: Liams Augen verengten sich zu Schlitzen, seine Nasenflügel bebten, und Schweißperlen traten ihm auf die Stirn, sein Mund blieb halb offen, und sein Atem stockte sekundenweise.

Jürgen, der gerade sein Bier trank, verschluckte sich rettungslos, und Doble wurde knallrot im Gesicht und auf der Glatze. Das war das Merkwürdigste, denn er hatte nicht in meiner Anwesenheit mit einem der beiden am Telefon über eine Cathleen geredet.

Jeremy Gallagher war ein »Pioneer«, so nennen sich in Irland diejenigen, die aus Prinzip nie am irischen Lieblingslaster, dem Suff, partizipiert hatten. Der Polizist aus Dublin drehte liebevoll sein Glas Coca Cola in der Hand, ich trug einen staubtrockenen Sherry in einem winzigen Likörglas mit mir durch

Father Keanes gute Stube, und der Priester selbst trank ein Pint schwarzes Guinness. Sylvia O'Flaherty hielt ein Glas Rotwein fest.
Die Archäologin war auf Einladung Keanes für den Abend von den Aran-Inseln herübergekommen, wo sie seit geraumer Zeit an der Hauptattraktion der größten Insel Inish Mór am prähistorischen Fort Dun Anghus herumbuddelte. So jedenfalls beschrieb sie uns kurz ihre Tätigkeit, als Father Keane uns gegenseitig vorstellte.
Er kannte sie schon seit langem und war ursprünglich mit ihrem Onkel im Jesuitenkolleg gewesen. Beide stammten aus Ballyvourney im County Kerry. Eine alte Kuttenfreundschaft, ich mußte lachen. Sylvia war so, wie ich mir immer Frauen im letzten Jahrhundert im armen Donegal hoch oben im Nordwesten vorgestellt hatte, Frauen elender Landarbeiter, doch der eigentliche Haushaltsvorstand, Mütter von zehn halbverhungerten Kindern, fest zupackend. Sylvia als Fels in der Brandung, zart und zäh, mit heller, fast transparenter Haut und dicken, dunkelbraunen Haaren, die sie offen trug. Die ausgemergelten, schmutzigen Kinder hingen an ihrem weiten, ausladenden Rock, das Kleinste hielt sie noch im Tuch vor ihre schmale Brust. Ich blinzelte und sah auf einmal die Archäologin wieder vor mir, die gerade dem Priester zuprostete. Ich schloß mich ihnen an. Und bald darauf rief uns Keanes Haushaltshilfe ins Eßzimmer.
Den Inspektor plazierte Keane mir gegenüber. Neben mich setzte er sich selbst, ihm gegenüber nahm Sylvia Platz. Es gab hervorragenden, mild geräucherten Lachs und Marys einmaliges, fast dunkelbraunes Krümelbrot. Gallagher aß schweigend. Ich beobachtete ihn eingehend.
Es gibt einen bestimmten Typ Männer, auf den ich früher stand. Ich hatte schon drei von haargenau dieser Sorte geheiratet, einmal ernsthaft, einmal als Nachschlag, den dritten aus Dummheit, und ich wußte es mittlerweile besser. Meine Redaktionen

gönnten mir meine Scheidungen und hängten sie nicht an die große Glocke.
Gallagher war ein solcher Typ. Sehr groß, sehr schmal, sehr blaß, sehr bebrillt, sehr dicke gewellte, dunkle Haare, sehr hohe Wangenknochen, sehr geschwungene Nase, sehr bartlos, sehr sinnlicher Mund. Wenn's ging, graue Augen, doch dabei bin ich immer flexibel gewesen. Nur funkeln mußten sie.
Der Lachs war so weich und hauchdünn geschnitten, daß er mir fast auf der Zunge zerging.
Sie sind ohne Leidenschaft, sensibel ja, doch nicht genußfähig. Kardamom, Mary mußte entgegen irischen Gebräuchen einen Hauch Kardamom in den Brotteig getan haben. Ich applaudierte innerlich ihrem feinen Gespür für lukullische Raffinesse. Gallagher hatte die Lachsscheiben sauber auf dem Teller mit Messer und Gabel zerteilt und übersichtlich vor sich drapiert. Er spießte nun langsam und sehr korrekt die Häppchen mit der Gabel auf und führte sie nach und nach seinem schönen Mund zu. Mich schauderte. Sein Gesicht zeigte keinerlei Freude am toten Fisch.
Ich rollte den verbliebenen Lachs um die Gabel und steckte ihn mir leicht übereilt in den Mund, der leider eine Spur zu klein für den Bissen war. Gallagher blickte kurz auf und legte dann lächelnd das Besteck parallel auf den leeren Teller vor sich.
»Mary McCabe hat in Ihrer Gemeinde die Kirchen betreut, Father, ist das richtig?«
Keane nickte so kräftig, daß sein Stuhl wackelte.
»Die in Letterfrack, Tully, Tullycross und Renvyle, nicht die in Lettergesh oder Glassilaun, die wären ihr zu weit entfernt gewesen. Sie kümmerte sich um den Schmuck, die Blumen, die Kerzen, die Bücher, das Wasser, Sie wissen schon.«
»Regelmäßig?«
»Ja, zweimal die Woche seit ungefähr drei Jahren.«
»Weshalb starb Mary McCabe? Ich bin alle Unterlagen über die Vernehmungen und Untersuchungen durchgegangen und der

einzige klitzekleine Anhaltspunkt, den wir haben, ist der Zettel, den ihre Tochter Ihnen während des Tanzens überbrachte. Und Sie kennen hier keine Sheila. Sie wissen wirklich nicht, von wem Sie sprach?«

»Schrieb. Sie hat von einer Sheila geschrieben. Gesprochen hat sie nie mit mir darüber. Nein, ich kann Ihre Frage nicht beantworten, ich weiß es nicht.«

Er schickte mir ein kleines Seufzen über den Tisch. Die Erdmutter mit der Kinderschar aus Donegal meldete sich.

»Kann es sein, daß es sich um jemanden handelt, der eigentlich ganz anders heißt, und Mary nur eine Art Decknamen verwandte, aus Vorsicht vielleicht?«

Der Gedanke gefiel uns allen dreien, nur, er hatte einen minimalen Haken: »Einen Decknamen zu benutzen, aus welchem Grund auch immer, ergibt nur einen Sinn, wenn man sicher sein kann, daß der Adressat ihn auch versteht. Oder?« Ich schaute in die Runde und erntete Zustimmung.

»Und an mich war die Botschaft, so, wie sie war, wenn sie denn hätte versteckt sein sollen, glatt verloren. Der Adressat kapierte sie dann einfach nicht.«

Sylvia ließ nicht locker. »Habt ihr Siobhan noch mal genau befragt, ob ihr ihre Mutter tatsächlich aufgetragen hat, Ihnen den Zettel zu geben? Was ich meine, ist, war der Empfänger wirklich der richtige?«

»Dazu können wir Siobhan noch einmal befragen, im ersten Protokoll war sie sich jedoch hundertprozentig sicher, daß ihre Mutter sie zu Doris geschickt hatte.«

Gallagher tupfte sich die Mundwinkel vorsichtig mit der blütenweißen Serviette ab, und Mary erschien kurz darauf mit einer Lammkeule, die eine verheißungsvolle Duftfahne im Zimmer verbreitete. Während Father Keane geschickt das knusprige Beinfleisch in dünne, quergeschnittene Scheiben tranchierte und vorlegte, kam Sylvia noch einmal auf den Zettel zurück. Kenne er, Father Keane, denn wirklich keine Sheila in der Ge-

meinde? Er kenne doch nun wirklich alle und alles, was in seiner Gemeinde kreucht und fleucht, jeder Stein seiner Kirchen sei ihm doch bekannt.
Der Jesuit ließ das Tranchiermesser fallen.
»Ist was, Father?« In Sylvias Blick lag einen Moment lang etwas Lauerndes. Blitzschnell war es wieder verschwunden, doch ich hatte es genau bemerkt. Sieh einer an, die Erdmutter aus Donegal hat auch ein paar dunkle Seiten. Wer hätte sie nicht? Sie geben dem Leben Würze. Die Grenze ziehe ich lediglich dann, wenn ich Schwefelgeruch schnuppere.
Father Keane blieb erstaunlich zugeknöpft und säbelte noch ein wenig am Lämmlein herum, zu dem er uns dann nicht weiter nötigen mußte. Gallagher nahm sich genau drei Scheiben Fleisch, nicht so wenig, daß es unhöflich wirken könnte, nicht soviel, daß er maßlos erscheinen würde. Dazu einen Teelöffel süßsaurer Minzsauce, zwei geröstete Kartoffeln, einen Löffel Möhren und vier grüne Bohnen.
Was immer den redelustigen Priester an meiner rechten Seite einen Moment lang verunsichert haben mochte, er schien wieder zu seiner alten Laune zurückgekehrt zu sein und hatte nun komplett das Thema gewechselt. Man höre doch allerhand Merkwürdiges hier auf dem Festland von den Ausgrabungen auf Inish Mór. Sylvia stellte sich unwissend. Natürlich sei allgemein bekannt, daß Gerüchte in ländlichen Gegenden Irlands vielleicht wegen der hohen Luftfeuchtigkeit in kürzester Zeit und innerhalb geringster geographischer Distanzen gerade zum Zehnfachen ihres ursprünglichen Volumens aufgeschwemmt würden – an der Stelle lachte sogar der ernsthafte Kommissar –, doch möchte er gerne aus erster Hand wissen, was denn da dran sei.
»Ihr habt das gesamte Ausgrabungsgebiet am Fort komplett abgesperrt?« Sylvia nickte.
»Das war doch noch nie nötig. Wird denn geklaut?«
»Die Zeiten ändern sich, Father, leider. Wir sind schon der An-

sicht, daß wir den Ort schützen müssen, besonders während der Saison jetzt im Sommer.«

»Ich war letzten Winter in Kilronan und bin hoch zum Dun gelaufen, da war auch schon alles dicht, Stacheldraht und so weiter«, wandte ich ein. Sylvia lächelte mich freundlich an.

»Wir arbeiten seit fünfzehn Monaten da oben und haben die Ausgrabungsstelle schon sehr früh sichern müssen als Vorsichtsmaßnahme.« Sie nippte am Rheingauer Rotwein, den ich mitgebracht hatte. Gallagher aß und kaute vorsichtig. Die Abendgesellschaft im Haus des Priesters war trotz des vorzüglichen Essens nicht unbedingt als gesellschaftlicher Erfolg zu bezeichnen. Wir aßen schweigend. Irgend etwas war vorgefallen. Und wie im Pub in Tullycross hatte ich das untrügliche Gefühl, daß sich hinter dem dichten Vorhang, hinter einem Gerümpel von Kulissen etwas abspielte, was mit dem Mord an Mary McCabe in Zusammenhang stand und verborgen bleiben mußte. Und jeder, der versuchen würde, diesen Vorhang beiseite zu schieben, brächte sich in Gefahr, in tödliche Gefahr. Ich war nun sicher, daß Mary, ohne es zu wissen, hinter diesen Vorhang gelugt hatte und verwirrt und unsicher über das, was sie da entdeckt hatte, meinen Rat einholen wollte. Und das hatte jemand auf grausame Weise verhindert. Mary wollte einer Außenstehenden, einer, die nicht von hier stammte, etwas berichten. Ich sagte bereits, mir erzählt man gerne etwas. Und nun wurde mir wirklich klar, warum Keane auf einen weiteren Außenstehenden für die Ermittlungen bestanden hatte. Er, Gallagher, schaute wie ich von außen auf diesen paradiesisch abgeschiedenen Zipfel Europas und blieb dadurch unberührter, unbelasteter, als wenn er von hier stammen würde. Ich blickte zu ihm herüber, wir lächelten uns distanziert an. Gut, ich würde mit ihm reden und ihm meine Kooperation anbieten, wenn er sie denn wollte. Ansonsten war die Sache klar für mich.

»Sie lügt.« Mein Priester schaute mich betrübt an. »Die Absperrung auf Dun Anghus besteht nicht von Anfang an, sie haben sie erst vor ein paar Monaten, im Januar, errichtet. Im Pub unten, im Angler's Rest hat mich der alte Sean mit dem Bodhran bei einer Musiksession damals zur Seite genommen und – gut, er hatte schon etliche Pints intus – erklärt, daß es da oben nicht mit rechten Dingen zugehe und ob ich nicht ein bißchen schnüffeln könne, im Dorf mache man sich Gedanken.«
Ich stand winzig vor dem Hünen und guckte aufgeregt nach oben in sein Gesicht.
»Und was hast du herausgekriegt?«
»Leider nichts. Oder das, was alle wissen. Am nächsten Morgen habe ich mir ein Fahrrad geschnappt und bin in strömendem Regen hingeradelt. Keine Menschenseele, es war Anfang Februar, neblig, naß, windig. Unten am Eingang habe ich das Fahrrad an die Steinmauer gelehnt und bin hochgegangen. Sie hatten tatsächlich den rechten Teil von der Begrenzungsmauer abgeteilt und mit Pfählen und Stacheldraht gesichert. So groß wie ein halber Fußballplatz. Ein Schild erklärte kurz die archäologischen Ausgrabungen. Man erhoffte sich endlich Aufschluß über die Herkunft und die genaue Funktion der prähistorischen Befestigungsanlage, die hoch über den Klippen in konzentrischen Halbkreisen aus grauen Steinwänden bestand. Das war alles. Ich stolperte noch etwas herum, steckte meine Nase durch den Draht und kletterte dann wieder runter. Das einzig Rätselhafte dabei war, daß, als ich ungefähr eine Stunde später wieder an den Eingang kam, mein Fahrrad weg war.«
Keane blickte mich skeptisch an.
»Fahrradklau auf den Aran-Inseln? Das ergibt keinen Sinn. Würde erstens niemand tun, weil alle, die eins brauchen, eins haben. Zweitens kann man damit nur vier Kilometer hoch und runter und drei Kilometer in die Breite fahren. Drittens, weil die Schotterstraßen so miserabel sind, daß Fahrradfahren als Freizeitvergnügen eher ausscheidet. Viertens, weil niemand so

etwas verstecken könnte. Fünftens, weil man es auch nicht unbemerkt von der Insel schaffen könnte. Und sechstens, weil ich das niemandem dort zutrauen würde. Und im Winter sind keine Touristen da.«

Ich teilte ihm mit, daß seine Ausführungen zum Verbrechen des Fahrradklauens gänzlich überflüssig waren, weil es sich in der Tat auch nicht um Fahrradklau gehandelt hatte. Der Drahtesel, den ich von einem der drei einschlägigen Unternehmen auf Inish Mór für vier Tage ausgeliehen hatte, stand am nächsten Morgen brav vor dem Schuppen des Verleihs und noch dazu vor dem korrekten Laden, obwohl ich an den Fahrrädern nie eine besondere Kennzeichnung hätte entdecken können.

»Und was, lieber Pater, hat Sie gestern abend durcheinandergebracht?«

Er schien meine Frage nicht zu verstehen, denn er antwortete nicht. »Father, ich habe es genau bemerkt. Die Bemerkung Sylvias, daß sie alle und alles in Ihrer Kirche oder Gemeinde kennen, hat Sie einen Moment lang völlig aus der Fassung gebracht!«

Er schaute mich aufmerksam, fast prüfend an. »So? Meinst du das?« Ich nickte und ließ nicht locker.

»Die Steine meiner Kirchen, liebe Doris, die Steine meiner Kirchen.«

»Ich versteh' Sie nicht.«

»Ich auch nicht, ehrlich gesagt. Warum bin ich darauf nicht früher gekommen? Es ist doch so offensichtlich.«

Er senkte plötzlich die Stimme, obwohl wir alleine waren.

»Hast du heute nachmittag Zeit? Ich muß jetzt nach Clifden, einen Besuch machen, aber heute nachmittag stelle ich dir jemanden vor, ja?«

»Ich bin ganz gespannt. Wen?« Er hatte sich zu mir heruntergebeugt und flüsterte mir etwas ins Ohr. Es war nur ein Name.

»Nein!« – »Doch.« Er hatte die Lippen fest zusammengekniffen und trat einen Schritt von mir weg.

»Wir haben sehr wohl eine Sheelagh unter uns.« Nun hüstelte er verlegen. »Nur, das wirst du verstehen, wenn du sie kennenlernst, ich verdränge als katholischer Priester immer gerne ihre Existenz. Mir wäre es lieber, sie existierte nicht.«

Ich hatte die Geschichte mit dem zeitweiligen Verschwinden des Fahrrads in der menschenleeren Umgebung am Fuße zum Dun eigentlich völlig vergessen. Es schien mir eher der Streich eines »practical jokers«, eines harmlosen Witzboldes gewesen zu sein. Und da ich von Hause aus kein mißtrauischer Mensch bin, unterstellte ich damals keine sinistren Zusammenhänge. Das Gerede unter der Dorfbevölkerung schien mir ebenfalls ein Resultat langer, eintöniger Wintermonatsabende zu sein, die sie auf der manchmal tageweise durch Stürme abgeschnittenen Insel vor dem Bildschirm verbrachte. Amerikanische Thriller, gepaart mit hellwacher, überbordender keltischer Phantasie und Fabulierlust, taten das ihrige dazu.
Eine gute Geschichte ist eine gute Geschichte, ist »a bloody good yarn«.
Inish Mór lag schätzungsweise 60 km Luftlinie von Letterfrack entfernt, und das Verhalten der Archäologin mit dem Jesuitenonkel machte mich nun skeptisch. Auch daß der Pater so urplötzlich verstummt war und es vorgezogen hatte, seine Eingebung für sich zu behalten. Das war bedenkenswert. Und ich beschloß, ihn während unseres für den Nachmittag geplanten Besuchs bei Sheila genauer nach seinen Gründen dafür zu fragen. Nun war ich auf dem Weg zu Gallagher, der im Renvyle House Hotel am äußersten Zipfel der Halbinsel abgestiegen war. In Tullycross stieg ich aus dem Auto, um mir Zigaretten zu kaufen. Die Irish Times wurde gleichzeitig dabei fällig. Und während ich vor meinem Auto auf der Suche nach der Kolumne meines Lieblingsjournalisten umständlich die großformatigen Seiten durchblätterte, stieß ich mit jemandem auf dem Bürger-

steig zusammen. Meine Entschuldigung blieb mir im Halse stekken. Es war John. Er schien genauso überrascht wie ich und hatte wahrscheinlich meinen Wagen mit dem deutschen Nummernschild, vor dem wir nun standen, nicht registriert.
»Wie geht's?« Sein Lächeln war fast freundlich. »Schönes Wetter heute«, erwiderte ich und schaute begeistert in den grauen Himmel. Er fahndete nach etwas im Staub des Trottoirs, wurde aber auch nicht fündig und gab schließlich auf.
»Haben Sie Lust, heute nachmittag mit rauszusegeln?« Ich verfluchte den Pater und alle Sheilas der Welt.
»Sehr gerne, nur geht es leider nicht. Ich habe schon eine wichtige Verabredung.«
Er schaute haarscharf an meinen Augen vorbei und murmelte: »Schade, kann man nichts machen.«
»Ein andermal?«
»Vielleicht.«
»Wie wär's mit morgen? Da kann ich den ganzen Tag.«
Er wandte sich zum Gehen und hob die linke Hand. »Da kann ich nicht, ich muß den ganzen Tag nach Westport, tut mir leid.«
Er war weg. Blöder Typ.

Das Renvyle House Hotel wirbt in seinen Anzeigen und Broschüren damit, Europas einzige streßfreie Zone zu sein. Dies kann sich nur an Reisende richten, die Connemara und die ganze Westküste nicht kennen. Der gesamte Teil Irlands westlich des Shannon ist eine Zone, in der Zeit- und Ortskoordinaten nicht so funktionieren, wie wir es vom restlichen Europa her gewohnt sind. Das wirkt meist beruhigend und lindernd auf die Psyche und vor allem auf die Seele.
Ab und zu jedoch sind wir Normaleuropäer verwirrt, bisweilen irritiert, da Umrisse, die wir als Orientierungshilfe gewöhnt sind, hier verschwimmen und Ränder ausfransen.

Eine Meile mißt nicht etwa 1,6 Kilometer, ein Kilometer nicht etwa tausend Meter. Zwar werden dem Besucher auf die Frage, wie weit etwas noch entfernt sei, immer noch diese Maßangaben von Einheimischen genannt, doch eher aus der Freundlichkeit heraus, dem Fremden etwas mit auf den Weg zu geben, was ihm oder ihr bekannt erscheint. Wie man dem Kind, das zum erstenmal bei Fremden und nicht im Elternhaus schläft, den vertrauten abgenuckelten Teddy als Trost und Erinnerung mit ins fremde Bettchen legt. So bedienen sich die Iren gerne der Meile und der Kilometer.
Distanzen sind nur begrenzt einschätzbar. Entscheidend ist der Wert, den das Ziel für den Suchenden darstellt. Will er wirklich nach Leenane, wird er auch dort ankommen, sich darüber freuen. Welchen Informationswert stellt dann letztendlich noch die meßbare Distanz dar? Wie beliebig erscheinen doch solch abzählbare Einheiten?
Noch verwirrender und philosophisch durchtränkter ist der Austausch von Zeitangaben. Grundsätzlich ist alles »bald« oder »in wenigen Minuten«. Ein Volk, so habe ich mir oft gesagt, das achthundert Jahre unter einer Kolonialherrschaft im Lande litt und das über Jahrhunderte hinweg keine Chance sah, sich davon zu befreien, muß einen Trick entwickeln, kultivieren, um nicht der Ewigkeit ausgeliefert zu sein. Die Iren kultivierten viele Mechanismen, um mit ihrer Situation fertigzuwerden. Einer war das »double speak«, das eine zu sagen und das andere zu denken – die Gedanken waren hier immer frei und stellenweise unbändig –, ja zu sagen und dann das Gegenteil davon zu tun, ohne den geringsten Anflug von Boshaftigkeit oder Niedertracht. Ein anderer Trick ist wie gesagt die Zeit, die Uhren gehen hier nicht, wie oft behauptet wird, anders, sie gehen einfach gar nicht. Das hängt natürlich auch mit der prallen Landschaft zusammen und mit dem bisher nur verhaltenen Einbruch industriell notwendiger Verhaltensmuster. Wo kein Fließband existiert, begreift man auch nicht die Logik einer Stechuhr. Wer

eine beinahe unzerstörte Landschaft um sich hat, denkt auch nicht viel über sie nach. Zeit hat man nicht, wenn man sich dauernd ihre Begrenzung einbildet, wenn wir dauernd einen für uns schlecht kontrollierbaren Zugriff von außen verspüren. Fällt jedoch dieser Zugriff von außen fort, höre ich auf, die Zeit eifersüchtig und mißtrauisch zu verteidigen, werde nicht nur großzügig und bald darauf verschwenderisch, sondern vergesse irgendwann, daß sie außerhalb und unabhängig von mir existiert und definierbar ist, und trage sie in mir. Das wiederum macht es mir schwer, die Erwartungen anderer an Zeit zu erfüllen. Welches ist ihre Zeit, welches meine? Ähneln sie sich unter Umständen? Am besten, man sagt »bald«, damit gibt man die Interpretation elegant an den anderen weiter. Nun muß wieder jeder von seiner eigenen Zeit reden. Das kann man auf ewig fortführen. Der Austausch von Zeit wird hier ad absurdum geführt, westlich des Shannon.

Jeremy Gallagher hatte die Beine übereinandergeschlagen und schüttete sich gerade Kaffee nach, als ich in den Empfangsraum des alten Hotels trat. Die beiden Kaminfeuer loderten wie immer, und ich bestellte an der Rezeption eine Kanne Tee und die hervorragenden Schinkenbrote, die ich hier öfters an verregneten Nachmittagen statt Kuchen verzehre. Es war gegen halb zwölf und Zeit für ein Frühstück. Ich setzte mich dem Kommissar gegenüber und nahm die gleiche Position wie er ein.

»Sie wissen nicht, warum Mary McCabe Ihnen etwas sagen wollte?«

»Außer, daß wir uns mochten, aber auch nicht, sagen wir mal, eng miteinander befreundet waren, kann ich dazu nichts sagen.«

»Über den Menschen hier in Connemara liegt der Katholizismus wie eine dünne, spröde Lackschicht.« Er nahm einen Schluck Kaffee, als mein Tee serviert wurde. Die Schinkenbrote sahen appetitlich aus.

»Ein kleiner Riß nur, und es klafft ein Abgrund keltischen Wahnsinns darunter.«

Prüfend schaute er zu mir herüber. Ich nickte anerkennend. Was er so scheinbar unbeteiligt in den Raum stellte, war mir, die ich seit Jahren die Westküste bereise, nicht verborgen geblieben. Es war die Fähigkeit dieser Menschen zur Passion, zur Leidenschaft, die roh und blutig war und kaum notdürftig gezähmt, völlig im Hier und Jetzt begriffen. Menschen, deren Vorstellung von einer kreisförmigen Weltordnung große Orientierungsprobleme mit sich gebracht hatte und die, um nicht ins Leere zu fallen, das Seil verzweifelt ergriffen hatten, das ihnen die Engländer zuwarfen. Ein Strick war es, der in eine Richtung zeigte. Selbst das Kreuz hatten die Kelten mit einem Kreis verbunden. Woher wußte das ein nüchterner Dubliner Polizist, der wahrscheinlich sein Leben lang nie aus dem vierten feinen Bezirk der Stadt südlich der Liffey herausgekommen war? Gallagher war in Telepathie ausgebildet. Ich staune immer wieder über die hohen Ansprüche im irischen Erziehungssystem.
»Ich stamme aus Roscommon, der nächsten Grafschaft. Teile meiner Verwandtschaft lebten hier, als ich noch Kind war, dann wanderten die meisten aus.«
»Mir ist nicht unbekannt, was Sie da gerade gesagt haben, Jeremy. Nur, warum sagen Sie's mir?«
»Weil das ein Schlüssel zu dem Verbrechen sein könnte. Ich möchte, daß Sie mir helfen.«
»Ihnen?« Er lächelte wieder.
»Garda, der Polizei, ich spiele keine Rolle dabei.«
»Es hilft, wenn die Polizei angenehm repräsentiert wird.« Das erste Schinkenbrotdreieck war verschwunden, ich kaute.
»Hier kann im Prinzip wenig verheimlicht werden. Und daher machen die Menschen seit dem Mord völlig dicht, sie haben Angst, etwas zu sehen, zu bemerken, und sei es noch so abwegig, und das dann weiterzuerzählen, und schon gar nicht Garda. Sie haben Angst. Der örtliche Polizist hier war schon völlig verzweifelt, als ich ankam.«
Ich wußte, was gleich kommen würde.

»Aber mir erzählt man eher etwas. Habe ich recht? Weil ich ja eigentlich nicht zähle. Ich bin nicht von hier, noch nicht mal Irin. Ich habe aber gleichzeitig irgend etwas mit Kirche zu tun, kann also kein wirklich böser Mensch sein und bin in der Tat ausgeprägt neugierig.«
Ich lachte zu ihm hinüber.
»Darf ich Ihnen von meinem Sandwich etwas abgeben? Sie sehen hungrig aus, Mr. Gallagher.«

Meine Wut über die geplatzte Segeltour wurde von einem Gefühl tiefer Besorgnis in Schach gehalten. Father Keane war nicht wie verabredet um vier Uhr nachmittags im Haus bei Leenane aufgetaucht, das ich gemietet hatte. Es war bereits nach sechs, und ich stand am Fenster und versuchte seinen weißen Ford auf der Hauptstraße von Clifden auszumachen. Es fuhren zahlreiche weiße Autos hier herum, doch keines bog in den Seitenweg ab, der unter anderem zu meinem Haus führte. Auch das Telefon regte sich nicht. Um fünf hatte ich bei ihm zu Hause angerufen und keine Antwort erhalten. Mary war also auch nicht da. Sollte ich ins Auto springen und ihm in Richtung Letterfrack entgegenfahren? Doch wenn er aus unerfindlichen Gründen die Küstenstraße genommen hätte, um noch mal in Lettergesh vorbeizuschauen, hätten wir uns verpaßt. Ich beschloß, zu Hause zu bleiben und abzuwarten. Der Pater hatte mir an diesem Nachmittag Sheila vorstellen wollen, die Sheila, von der wir vermuteten, daß sie etwas über Marys gewaltsamen Tod oder die Machenschaften wußte, die schließlich zu Marys Ermordung geführt hatten.
Was, wenn es jemand verhindern wollte? Was, wenn dieser Jemand Marys Mörder war?
Ich lief zwischen der Küche, wo ich Wasser für die achte Kanne Tee aufgesetzt hatte, und dem großen Fenster hin und her. Plötzlich stellte ich fest, daß ich rauchte. Ich rauche ungern,

eigentlich nur nach einem opulenten, ausgiebigen Mahl spät am Abend die berühmte Genußzigarette, nie eine Verlegenheitsfluppe oder einen Streßstengel. Dies mußte eine Höchste-Alarmstufe-Zigarette sein, die ich nicht kannte. Falsch, ich guckte ungläubig auf die Kippe in meiner linken Hand, die letzte Zigarette hatte ich nach Marys Lamm zu mir genommen, die vorletzte jedoch hatte ich, da war ich mir absolut sicher, an jenem Abend vor dem Gemeindezentrum in Tully im Nieselregen entzündet, während jemand Mary erdrosselte.

Ganz in Gedanken versunken, hatte ich den grauen Landrover nicht bemerkt, der gerade vor dem Haus anhielt. Den Wagen kannte ich nicht, den Mann, der heraussprang, schon. Es war Jürgen Federking. Was wollte der denn?

Als ich ihm die Tür öffnete, hielt er mir statt einer Antwort auf meine nicht gestellte Frage einen umwerfenden Sommerblumenstrauß vor die Nase. Ich merkte, daß mir die Ablenkung von der Sorge um Father Keane guttat.

»Der Tee ist gleich fertig, Sie müssen es erraten haben, kommen Sie rein.« Ich glaube, ich murmelte noch ein Dankeschön für den Strauß, brachte aber aus Verlegenheit und leichter Rührung nichts Ruhmreiches zustande.

»Nett haben Sie es hier, gehört das Haus Ihnen?« Ich verneinte. Ich bat ihn, auf dem geblümten Dreisitzersofa Platz zu nehmen, und verschwand in der Küche. Räumliche Distanz macht mich immer kühn.

»Ist das ein ›zufälliger Hereinschneibesuch‹, oder wollen Sie mir etwas erzählen?«

Es gibt Maschen, die sind fast unbegrenzt ausbaufähig und anwendbar.

Federking klang ehrlich überrascht.

»Woher wissen Sie das?«

Ich schnappte das Tablett und trug es ins Wohnzimmer. »Erstens: woher wissen Sie, wo ich wohne? Zweitens: woher wissen Sie, daß ich zu Hause bin? Ich halte mich nur sehr unregelmäßig hier auf. Drittens, und das ist das Entscheidende: Ihr Gesichtsausdruck. Sie wollen mir etwas erzählen.«

Er lachte laut.

»Ich find' Sie toll. Den Gesichtsausdruck, also das muß ich dringend mal im Spiegel überprüfen. Darf ich Ihr Badezimmer benutzen?«

Als er zurückkam, setzte er sich zu mir aufs Sofa und lächelte.

»Ich wollte Ihnen von meiner guten Tat für heute erzählen.«

»Ich lausche, Pfadfinder.«

»Ich habe unseren lieben, teuren Seelenhirten Keane gerettet.«

Ich riß die Augen auf.

»Nun sehen Sie aber ziemlich entsetzt aus, ich habe gar nicht gedacht, daß Sie so gucken können. Machen Sie sich keine Gedanken, er war weder in den Fängen des Teufels noch in ernsthafter Lebensgefahr. Er hatte schlicht und ergreifend auf dem Hochmoor eine Panne. Und bei dem schrottreifen Hündchen, das er seit Jahr und Tag steuert, grenzt das auch nicht an ein Wunder.«

Er erzählte, daß er auf dem Weg nach Clifden gegen drei Uhr einen arglosen Priester mitten auf der Straße über die Motorhaube gebeugt gesehen und natürlich sofort angehalten hätte. Nichts ging mehr. Er vermutete, daß der Motor hinüber war. Abschleppen fiel erst einmal aus, da Stoßstange und Karosserie des alten Fords es nicht mehr über Berg und Tal geschafft hätten. Und so lud er den schwergewichtigen Priester in seinen Wagen und brachte ihn nach Clifden, wo sich Keane einen Wagen von einem Kollegen ausleihen wollte. Auf dem Weg hatte er ihm von der Verabredung mit mir erzählt, und daß er meine Telefonnummer dummerweise nicht bei sich habe, um mich benachrichtigen zu können, damit ich mir keine Sorgen mache.

»Warum hätten Sie sich sorgen müssen? Priestern passiert doch nichts.«

Ich lächelte. »Father Keanes Verbindung nach oben ist nicht gänzlich unproblematisch. Ich wäre an seiner Stelle auch skeptisch.«
Jürgen fuhr fort. »Wo war ich? Also: da er annahm, daß es wohl noch etwas dauern könnte, bis er den neuen Wagen organisiert hätte und hier bei Ihnen eintrudeln könnte, schlug ich ihm vor, daß ich bei Ihnen vorbeischauen und die Nachricht überbringen würde. Das war's. Ich ließ mir also erklären, wo Sie wohnen, und konnte ziemlich sicher sein, Sie anzutreffen, da Sie ja auf ihn warteten. Hier bin ich.«
»Den Blumenstrauß ließ er auch für mich überbringen?«
Federking schaute mir belustigt ins Gesicht.
»Nein, das war mein höchsteigener Einfall. Ich finde es aber schön, daß Sie es wissen wollen.«
So wichtig war es mir eigentlich nicht, aber das sagte ich ihm nicht. Warum war es mir nicht wichtig?
»Der Priester ruft Sie an, wenn er wieder zu Hause ist, da hat er auch Ihre Telefonnummer. Über die Auskunft ging ja nichts, weil das Telefon auf Ihren Vermieter angemeldet ist, und den kennt er nicht.«
»Und warum haben Sie mich dann gefragt, ob das Haus mir gehört?«
Er zuckte die Schultern. »Keine Ahnung, vielleicht, um Unsicherheit zu überspielen. Was macht man nicht alles?«
In dem Moment sah er unwiderstehlich charmant aus. Der Eindruck verflüchtigte sich jedoch in Windeseile. Er wollte sich verabschieden, als das Telefon schellte. Es war der Priester. Ich beruhigte ihn, ja, Jürgen hätte mir alles ausgerichtet, und wir könnten uns morgen treffen. Doch Keane wollte nichts davon hören. Er wolle sich frisch machen, essen und dann unsere Verabredung einhalten. Könne ich gegen neun Uhr zu ihm kommen? Federking lächelte mich wieder vom Sofa aus an. »Selbstverständlich, um neun.«
Bevor er ging, bat Federking mich noch um meine Telefonnum-

mer. Ich gab sie ihm. »Kann man sich sehen?« Ich zögerte, hatte dann jedoch eine Idee.
»Was halten Sie von einer Dinnerparty bei mir, sagen wir übermorgen abend?« Er strahlte über das ganze Gesicht.
»Und bitte fragen Sie John, ob er auch mitkommen will, ich möchte Sie beide gerne einladen.«
Wenn er enttäuscht war, hatte er sich unglaublich gut in der Gewalt. Mit keinem noch so geringen Anzeichen hatte er Enttäuschung verraten.
Er gab mir seine Telefonnummer. »Da müssen Sie John schon selber einladen, okay? Aber ich fände es prima, wenn er mitkäme. Bis übermorgen dann!«
Jürgen Federking war einfach nett. Schlicht unkompliziert, nett und gut. Gute Menschen finde ich unerotisch.

Es war schon halb elf Uhr abends, als der Priester umständlich die Tür zu der alten Kirche in Renvyle aufschloß. Ich sagte nichts. Erstens war ich verblüfft, daß er mich nicht zu einem Privathaus geführt hatte, wo ich diffus eine Sheila in Strapsen oder Lederwäsche erwartete. Und zweitens überraschte es mich, daß die Kirche verschlossen war. Kirchen sind wie Privathäuser an der Westküste normalerweise unverschlossen.
Es dämmerte nun, und Keane wollte das Licht anknipsen. Es funktionierte nicht. Der Priester fluchte leise. »Gut, daß ich die Taschenlampe mitgebracht habe.«
Er knipste sie an und richtete ihren schwachen Strahl auf den hinteren Teil des Gotteshauses. Ich sagte absolut nichts mehr und hüllte mich, seinem Schritt folgend, in abwartendes Schweigen. Wen um Himmels willen will er mir hier vorstellen?
»Sie ist ganz hinten in der Sakristei. Komm!«
»Sie« war ungefähr dreißig Zentimeter groß. Ihr Gesicht war eine böse Fratze, die ihre Zähne gegen den Betrachter bleckte.

Ich war erschrocken und trat einen Schritt zurück an die Wand. Ganz oben in einer Ecke war eine Frauenfigur in das alte Mauerwerk eingearbeitet. Nur wenn man wußte, daß »sie« da war, konnte man die Skulptur auch erkennen. An ihren Brüsten konnte man ihre Weiblichkeit nicht festmachen. Sie waren kaum ausgebildet. Doch ihre kurzen Beine waren weit gespreizt und gaben einen unverstellten Blick auf ihre Genitalien frei. Die offene Vulva schien der wichtigste Teil der Skulptur zu sein. Der Strahl der Taschenlampe fokussierte sie exakt. Doch als ich mich fragend an den Priester wandte, merkte ich, daß er in die entgegengesetzte Richtung schaute.

»Father? Was ist das?«

Die kleine Kirche versank in der Dunkelheit. Keane drehte sich zu mir um.

»Das ist eine Sheelagh Na Gig, die Hexe an der Wand, wie sie auch genannt wird. Es gibt über hundert davon in Irland. Mehr als in anderen Ländern. Die ersten tauchten im keltischen Raum in Deutschland vierhundert vor Christus auf. Doch die meisten entstanden wohl erst gegen Ende des Mittelalters zu Beginn der Neuzeit, einige sogar erst im letzten Jahrhundert. Über den Ursprung oder die Bedeutung der Sheelaghs weiß man bis heute so gut wie nichts.«

Er hüstelte. »Die katholische Kirche tut sich, wie du unschwer erkennen kannst, schwer damit.«

»Die katholische Kirche tut sich mit Frauen allgemein schwer. Tja, und wenn man dann auch noch so aussieht wie Sheelagh, prost! Hure oder Gottheit.«

Ich schaute sie noch einmal genau an.

»Vielleicht auch nur eine Ausgeburt der im Mittelalter einsetzenden Frauenverachtung, der Unterdrückung von Sexualität, Lust und Körperlichkeit.«

Keane nickte zustimmend.

»Obwohl, sie wurde offenbar als Schutz gegen das Böse angesehen und nicht als Ausdruck davon.«

»Wirklich?« Nun trat der Priester näher an die Figur in der Wand heran.
»Guck mal hier.« Der Strahl der Taschenlampe richtete sich in seinem hellsten Teil auf die Genitalien der Skulptur.
»Pilger und Gläubige berührten aus Aberglauben mit der Hand diesen Teil der Sheelagh.«
Vielleicht wußte der Priester nicht einmal die korrekte anatomische Bezeichnung, ging es mir durch den Kopf, und ich mußte ein bißchen grinsen.
»Es gibt Theorien, die besagen, die Sheelaghs stellen die Erdmutter dar, die Fruchtbarkeitsgöttin. Andere sagen, sie ist mit unserer Schutzheiligen Bridget verwandt. Dann wiederum gibt es auf sumerischen Tafeln von dreitausend vor Christus Hinweise auf die Gefährtinnen der Großen Göttin, die Shla Nu Gig genannt wurden. Ein weites Feld, und soweit ich weiß, gibt es keinerlei Veröffentlichung dazu. Lediglich ein Autor, ein Ire namens O'Connor, hat ein wenig darüber geschrieben.»
»Ein Tabu sozusagen.« Der Lichtstrahl schien mir schwächer zu werden. Keane seufzte.
»Richtig. Hast du nie von ihnen gehört?«
Ich verneinte und merkte, wie ich mich dabei ärgerte. Ich weiß immer gerne alles.
»Hier oben gibt es, soweit ich weiß, keine weiteren. Die meisten Sheelaghs gibt es interessanterweise in Südtipperary. Und wie ich erfahren habe, verschwinden seit ungefähr drei Jahren immer mehr dieser Figuren. In Nacht- und Nebelaktionen. Rausgebrochen aus Kirchenwänden. Unmöglich ohne Kenntnisse der örtlichen Gegebenheiten. Aber was hat Mary gemeint? Zuerst kam mir die Figur überhaupt nicht in den Sinn, weil auf dem Zettel Sheila stand, so wie der Vorname normalerweise ja geschrieben wird. Natürlich dachte ich dann immer nur an einen Menschen.«
Er kratzte sich nachdenklich am Ohr.
»Verstehst du das?« Ich schüttelte langsam den Kopf. Plötzlich

merkte ich, daß ich einen Entschluß gefaßt hatte. Es war mir ein wenig mulmig zumute. Ich schaute nach oben in sein Gesicht.
»Aber ich werde es rauskriegen, Father, so wahr ich hier stehe.«
Er wandte sich zum Gehen, zögerte jedoch noch einen Moment und sagte dann sehr leise:
»Ich weiß gar nicht, Doris, ob ich das möchte.«

»Für dich, Sylvia!« Sie nahm den Telefonhörer ab und setzte sich auf den Schreibtisch. Vor ihr lag der kleine Hafen von Kilronan im grauweißen Nieselregen. Das Elf-Uhr-Boot vom Festland legte gerade an, und sie konnte durch die Nebelschleier erkennen, daß vier der Bootsmänner damit beschäftigt waren, feste Taue an einer Holzpalette mit Lebensmitteln anzubringen. »Hi, Father! Danke, ja, absolut wunderbar, danke!« Der Kran am Kai ließ langsam den Haken über das Boot kreisen. »Wunderbares Wetter, ja!« Sie schlug das linke über das rechte Bein und kratzte sich am Haaransatz. Der Haken war über dem Lebensmittelpaket zum Stillstand gekommen, und sie verfolgte, wie die Bootsleute nun sorgfältig die Taue mit dem Kran verknoteten. »Wir warten auf die Ergebnisse unserer neuesten Ausgrabungsfunde aus Dublin.«
Sie lachte. »Nein, Father, die Zentrale hat lediglich den besseren Computer zur präziseren Bestimmung des Alters der Stücke. Wir haben hier vor Ort nur begrenzte Bestimmungs- und Analyseverfahren zur Verfügung.«
Die Palette schwebte nun behutsam nach oben. Zwei Männer dirigierten den Kran vom Boot aus mit weitausholenden Gesten. »Wenn ich kann, gerne. Schießen Sie los, Father!« Sylvia unterdrückte ein Seufzen und heftete wieder ihren Blick auf das Boot. Der Kollege warf ihr vom Computer aus, hinter dem er saß, einen fragenden Blick zu. »Sheelagh Na Gigs? Hier auf den Arans?«
Der Blick des Kollegen bohrte sich in die Hand, die den Tele-

fonhörer hielt. »Nicht, daß ich wüßte. Nein!« Das letzte Wort hatte sie besonders stark betont.
»Sicher kann ich das für Sie herausfinden. Wirklich, kein Problem.« Der Kran hatte nun die Palette auf dem Kai abgesetzt, und die Männer schnürten die Taue auf. Sylvia kaute an ihrem Kugelschreiber und warf ihrem Kollegen einen unsicheren Blick zu. Er hatte sich auf seinem Stuhl zurückgelehnt und erwiderte ihren Blick. Sie zuckte mit den Schultern.
»Wie meinen Sie das, Father Keane?« Plötzlich bekam ihre Stimme einen rauhen Klang. Die Liebenswürdigkeit, die sie bis eben geschmeidig und melodisch gemacht hatte, war fast verschwunden.
»Bei uns? Diebstahl?« Sylvias Kollege schaute nun auf und ging auf sie zu. Er legte sein Ohr an die freie Seite des Telefonhörers.
»Natürlich wäre uns das aufgefallen, selbstverständlich.«
Sylvias Blick fiel wieder auf den Pier des Hafens. Einer der Männer transportierte nun die Palette mit einem Gabelstapler weiter. In diesem Moment bemerkte sie die Frau mit der Baskenmütze, die hinter dem Gabelstapler gestanden hatte. Sie trug ein Köfferchen in der linken Hand und schaute sich suchend um. Die Archäologin schluckte und deutete mit dem Kugelschreiber in ihre Richtung. Der Kollege folgte dem Stift mit den Augen. Sie schauten sich beide an.
»Sicher, Father, ich werde mich sofort melden, wenn ich etwas von dem, was Sie mir eben gesagt haben, in Erfahrung bringen kann.« Es entstand eine längere Pause. Michael Keane am anderen Ende schien etwas umständlich zu erklären. Schließlich mündeten diese Erklärungen offenbar in einer Frage. »Doris, die Journalistin, die ich bei Ihnen neulich kennengelernt habe?«
Der Kollege war nun ans Fenster getreten und suchte die Frau mit dem Koffer und der Baskenmütze am Kai. Er entdeckte sie, als sie gerade im Café am Ende des Hafens verschwand.
»Noch nicht, Father. Es müßte eigentlich schon da sein, ganz recht. Nein, das Boot scheint heute Verspätung zu haben. Ich

werde darauf achten. Gut, daß Sie mir Bescheid geben. Wenn das Boot einläuft, werde ich die Augen aufhalten und Ihre Bekannte zum Tee zu uns einladen. Natürlich, es ist mir ein Vergnügen.« Sie legte auf und rutschte vom Tisch. Seamus, ihr Kollege, hatte sich zu ihr umgedreht und blickte sie böse an. Doch sie war wieder scheinbar gut gelaunt. Triumphierend legte sie ihre Arme um seinen Hals und lächelte ihn an. Sie schien von einer plötzlichen Eingebung gepackt zu sein. »Kein Grund zur Aufregung, Seamus. So was hält uns in Schwung und verhindert Nachlässigkeiten. Wir können einiges überprüfen, ohne daß es auffällt.« Sylvias Kollege schaute weiterhin mißmutig drein. »Scherereien sind das, wenn du mich fragst, völlig unnötige Scherereien.«

Die zwölf Schläge der Angelus-Glocke schepperten durch den Lautsprecher. Am Nebentisch bekreuzigte sich ein älterer Mann mit Schirmmütze. Father Keane hatte mich nach Inish Mór geschickt, um bei den Ausgrabungen herumzuschnüffeln. Ob an den Gerüchten, die sich im Dorf hartnäckig hielten, etwas dran sei, daß bei den Ausgrabungen am Dun Anghus nicht alles mit rechten Dingen zugehe. Was das jedoch wiederum mit Marys Tod zu tun haben könnte, wußten wir beide auch nicht. Jeremy Gallagher meinte jedoch, es könne nicht schaden, hinüberzufahren und dem Gerede noch einmal nachzugehen. Die Küchenhilfe wischte den Tisch ab, an dem der alte Mann gesessen hatte.

»Graben sie wieder da oben rum?« Ich lächelte sie freundlich an, und sie lächelte zurück. »Klar. Als wäre der Teufel hinter ihnen her.«

Ich bekundete meine Verwunderung. »Na ja«, sie setzte sich kurz zu mir. »Ich meine, ich selbst war schon ewig nicht mehr oben, um diese Zeit sind mir schon zu viele Touristen da, 'schuldigung, ich meine nicht Sie, sondern die anderen, die nur für

drei, vier Stunden hierherkommen, sich mit der Kutsche hochfahren lassen und wieder abhauen. Aber Maeve, meine Nachbarin, deren Ältester, Padraig, der ist jetzt vom College für den Sommer nach Hause gekommen, er studiert Geologie in Galway und verdient sich was in den Ferien, also Padraig macht sich da oben ein bißchen nützlich. Der gräbt, sortiert Steine in Kistchen, was halt so anfällt.«
Sie holte kurz Luft und fuhr fort. »Also Padraig meinte letztens, daß sie schon viel weiter wären, als sie geplant hätten, und was noch merkwürdiger ist ...«
»Ja weiter, wie muß ich das verstehen?«
»Na ja, also, daß sie mehr an Bodenfläche beackert haben, als sie ursprünglich geplant hatten, aber, ja, das wollte ich noch sagen, auch als sie eingezeichnet haben. Aber, das System, das verstände er auch nicht, warum sie was wie einzeichnen.« Die Tür zum Café öffnete sich, und Sylvia trat ein. »Hi!« Sie steuerte auf meinen Tisch zu, die Küchenhilfe erhob sich und verschwand.
»Father Keane hat mir gesagt, daß Sie mit dem Morgenboot kämen.« Wir gaben uns die Hand, und sie setzte sich. Ihr Gesicht war naß vom Regen und glänzte.
»Aber es war schon angekommen, als er anrief, und so mußte ich Sie erst suchen. Und das dauerte fast eine halbe Stunde.« Sie bestellte sich einen Tee. »Ja, und das, obwohl die Möglichkeiten, sich unbemerkt in Kilronan aufzuhalten, sehr begrenzt sind«, sagte ich. Sylvia lachte schallend. »Das stimmt, aber zwischen dem Anlegeplatz und hier liegen die Post, das Touristenzentrum und der Craftshop. Überall ein kleines Schwätzchen, und vorbei ist eine halbe Stunde. Bleiben Sie lange bei uns?« Sie hatte die Frage beiläufig gestellt. Ich erwiderte, daß ich vorhatte, nur eine Nacht auf der Insel zu bleiben. Für morgen abend erwartete ich Gäste, und das Kochen würde Stunden in Anspruch nehmen. Ich müsse also rechtzeitig zurück sein.
»Haben Sie schon eine Unterkunft auf Inish Mór?« Ich ver-

neinte. »Dann müssen Sie bei mir übernachten, wir würden uns freuen!«
»Wir?« Sie lebe mit ihrem Kollegen Seamus zusammen. Ich lächelte sie an. »Ich weiß, was Sie jetzt denken, Doris. Aber erstens haben sich die Zeiten auch hier an der Westküste, was die Moral betrifft, Gott sei Dank geändert, und zweitens sind die Inselbewohner immer eine Spur keltischer als katholisch gewesen. Also?« Ich war begeistert. Kurz darauf trug ich mein Köfferchen durch den Regen in Sylvias Büro. Seamus war nicht da.

Zwei Stunden später keuchte ich mit dem Fahrrad den ersten steilen Hügel hinter Kilronan zum Dun Anghus hinauf. Bis zur Mitte schaffe ich es immer, dann verlassen mich meine Kräfte unwiderruflich. Das letzte Stück bis zum einzigen Verkehrsschild wird geschoben. Als ich das Schild vor Jahren zum erstenmal sah, mußte ich laut loslachen. Es zeigt einen Mann, der in hohem Bogen vom Fahrrad fällt, und darunter steht: Warnung, 10% Gefälle. Diesen Hügel fuhr ich fortan nur mit beiden angezogenen Bremsen hinunter, nicht nur mit der rechten, die ich normalerweise benutze. Eine Rücktrittbremse war eh nicht vorhanden, die ist mir eigentlich am liebsten. Sylvia hatte im Büro zu tun. Ich wollte schon mal schauen, ob ich bei den Ausgrabungen Seamus treffen würde oder Padraig, den neugierigen studentischen Assistenten. Der wäre mir am liebsten gewesen.
Der Regen hatte nun aufgehört, und ich hatte, wenn ich nach rechts schaute, zum erstenmal an diesem Tag eine herrliche Aussicht auf die Küste Connemaras mit den Twelve Bens, der Bergkette im Hintergrund. Ich schaute noch einmal mein geliehenes Fahrrad an, als ich es am Eingang zum Dun an eine Steinmauer lehnte. Laß dich nicht entführen. Ich glaube, ich murmelte es sogar halblaut vor mich hin.
Dann stieg ich hoch, immer in respektvollem Abstand zum steil

abfallenden Felsen zu meiner Linken. Obwohl ich viel auf Berge und alles, was sonst noch in einer Landschaft herumsteht, klettere, bin ich nicht schwindelfrei. Ein Gipfel ist gut und schön, doch ein naher Abgrund macht mich nervös. Ich ziehe mich dann lieber auf einen sicheren Punkt zurück und genieße die Aussicht von dort. Die hohen Felsen, die den Dun Anghus an der südlichen Seite begrenzen, sind spektakulär und ragen neunzig Meter hoch aus dem Meer. Ich habe sie oft auf einschlägigen Postkarten bewundert. Als ich einmal im Sommer bei strahlender Sonne hier oben war und eine Reihe halbbekleideter Menschen mit dem Kopf fast über dem Abgrund auf dem glatten Felsen liegen sah, stellten sich bei mir vor Grauen sämtliche Haare auf dem Rücken auf. Es war eine Gruppe Italiener, die sich so sonnte.

»Suchen Sie etwas?« Der Mann mit dem Vollbart schaute mich mißtrauisch an. Er trug auf einem Tablett mehrere Steine vor sich her.

»Sie machen die Ausgrabungen hier?« Er war eindeutig zu alt für eine studentische Hilfskraft. Er nickte.

»Dann glaube ich, daß ich heute abend Ihr Übernachtungsgast bin. Mein Name ist Doris. Sie müssen Seamus sein.« Ich schenkte ihm mein liebenswürdigstes Strahlen. »Oh.« Seiner Überraschung fehlte der Charme. Dann führte er mich herum. Er zeigte mir die neueste Fundstelle. Etwas weiter weg, Richtung Abgrund, kniete ein anderer Mann. Vielleicht Padraig, dachte ich.

»Und was kann man hier sehen, das heißt, finden?«

Er erklärte mir, daß sie sich anhand des Alters der Steine, die sie ausgruben, und deren Beschaffenheit weitere Aufschlüsse über Zweck und Funktion der vorgeschichtlichen Befestigungsanlage erhofften. Mehr sei im Moment nicht zu erwarten.

»Keine frühkeltischen Schätze?« Er wußte mein amüsiertes Lächeln nicht zu deuten. »Ich weiß nicht, wovon Sie reden«, brummte er. »Hier gibt es keine Schätze.«

»Keine, die sich an einen interessierten Privatsammler verscherbeln ließen wie eine Fibel oder einen Ring?« Er sagte nichts und schaute durch mich hindurch. »Doch für Sie als Archäologen muß doch jeder datierte Stein ein Schatz sein, so meinte ich das.«
»Ach, so meinen Sie das.« Er blieb schlecht gelaunt.
»Wissen Sie, ich interessiere mich nämlich auch ein wenig für alte Steine. Als Laiin natürlich nur. Bis gleich, ich geh' dann mal rüber!«
Der Assistent wühlte mir bedrohlich nahe am Abgrund, und ich mußte mich überwinden, zu ihm zu gehen. So gut es ging, versuchte ich, die gähnende Tiefe aus meiner Phantasie zu verbannen. Neugierde hat immer ihren Preis. Es war Padraig. Ein schwarzhaariger Wuschelkopf, Anfang zwanzig vielleicht.
In der Bucht von Galway waren während des Seekriegs zwischen den Briten und den Spaniern Teile der spanischen Armada gestrandet. Die Überlebenden, so wußte man in der Stadtgeschichte Galways und der nahen Arans zu berichten, hatten dafür gesorgt, daß ein beträchtlicher Anteil Iren hier noch heute wie andalusische Señores aussieht. Schwarzes Haar setzt sich immer gegen rotes Haar durch.
Ich kniete mich neben den jungen Mann, der mir gleich begeistert von seinem Ferienjob erzählte. Als Geologiestudent kenne er sich ein bißchen aus, meinte er, auch wenn er von Archäologie wenig Ahnung habe. Er sei jedoch wild entschlossen, auch auf diesem Gebiet etwas zu lernen. Nach ein wenig Palavern über Steine und Steinchen kam ich auf mein Gespräch mit der Bekannten seiner Mutter.
»Sie meinte, du hättest etwas Merkwürdiges hier gefunden.«
Am besten war es, schnell zur Sache zu kommen. Der Abgrund war immer noch am Platze und in meinem Kopf.
»Ich? Etwas gefunden? Nö.« Sein von Wind und Wetter gebräuntes Gesicht war offen. »Leider nicht«, fügte er hinzu. Er würde liebend gerne etwas Besonderes finden, eine Scherbe

oder eine kleine Verzierung auf einem Stein und es stolz den Chefs präsentieren, aber bisher waren es nur zahllose, gesichtslose Steine gewesen, die er sortieren mußte.
»Komisch, dann verwechsle ich etwas. Ich dachte, die Bekannte deiner Mutter hätte von etwas Merkwürdigem gesprochen.«
Ich erhob mich vorsichtig und vergrößerte den Abstand zwischen mir und dem Abgrund.
Er war nun auch aufgestanden. Wieder lächelte er mich freundlich an. »Ja, merkwürdig finde ich schon einiges hier. Nur habe ich nichts Merkwürdiges gefunden. Wissen Sie, was ich meine?« Oh, keltisch-irische Wortakrobaten, kein Volk der Welt hat so viele davon hervorgebracht. Wilde, Joyce, Padraig. Wie sie alle heißen. Er blickte über meine Schulter und kam dann noch einen Schritt näher. »Manchmal, vielleicht zwei-, dreimal, seit ich hier jobbe, bin ich am Morgen zur Ausgrabung gekommen, an genau die Stelle, an der wir die Tage vorher gearbeitet hatten, und dann war die Stelle nicht mehr da.«
»Nicht mehr da?«
»Sie war natürlich noch da, aber sie war auch weg.« Ich lese mit Vorliebe die absurden Geschichten eines Flann O'Brien.
»Und wo war sie?«
»Na, sie war zu. Das Loch war zu. Ich wurde woanders hinbeordert. Das ist doch merkwürdig, oder?« Ich pflichtete ihm bei. Wieder schaute er hinter sich. »Das erste Mal sagte man mir noch, ich hätte mich in der Stelle vertan, aber ich bin doch nicht blöd. Danach sagten sie, es sei unwichtig und Zeitverschwendung, dort weiterzumachen, etwas anderes sei dringender.« Er verstummte plötzlich. Nun drehte ich mich ebenfalls um. Seamus stand einen Meter hinter mir. Ich lächelte. Er lächelte nicht zurück.

Meine Stimmung war mit der Höhe der Felsen am Dun Anghus durchaus vergleichbar, als ich nach Kilronan zurückradelte. Padraigs Beobachtung und Seamus' abweisende, ja fast feindliche Haltung mir gegenüber stachelten meine Phantasie an. Ich erklomm den ersten kleinen Hügel, sauste kühn hinunter und bremste nur einmal kurz vor der Kurve unten mit der rechten Handbremse ab.

Hier wurde etwas vertuscht. Das spürte man. Konnte es etwas mit dem Mord an Mary zu tun haben? Ich konnte keine Zusammenhänge erkennen. Was hatten Sylvia O'Flaherty und ihr archäologischer Liebhaber mit Mary und Sheelagh zu tun? Sechzig Kilometer Luftlinie. Dazwischen Wasser. Ich strampelte auf das Verkehrsschild zu. Diese letzte Steigung noch und dann die gebremste Abfahrt nach Kilronan hinunter. Ich würde morgen alles Father Keane erzählen, vielleicht fiel ihm etwas dazu ein. Er hatte die richtige Nase gehabt. Hier auf Dun Anghus war etwas nicht in Ordnung. Irgendwie war mir Seamus mit seiner ehrlichen Unfreundlichkeit lieber als Sylvias sprudelnde Gastfreundschaft, die ich nicht für echt hielt. Das versprach ein gemütlicher Abend zu werden. Ich tröstete mich mit der Vorfreude auf das morgige Dinner. Am Morgen hatte ich John noch erreicht und ihn mit Jürgen zum Essen eingeladen. Er schien erfreut und sagte zu. Jedenfalls interpretierte ich sein »Ja, gerne« als Ausdruck höchster Begeisterung. Man muß eben alles relativ sehen.

Ich radelte nun auf der Kuppe des Hügels am Fliegenden Mann vorbei und sauste los. Unten bog einer der weißen Minibusse um die Ecke, die hier als Inseltaxis fungieren. Ich zog beide Bremsen fest an, um die Kontrolle über das Fahrrad bei der hohen Geschwindigkeit, die ich nun hatte, nicht zu verlieren. Das Blut schoß mir ins Gesicht, als ich plötzlich merkte, daß die linke Bremse nicht mehr funktionierte. Der Bus kam mir entgegen, ich konnte das Rad nicht zum Halten bringen. Auch eine Frau kann anscheinend fliegen.

Der Abend wurde dann auf eine Weise »gemütlich«, die niemand hatte voraussehen können. Mir blieb das traute Beisammensein mit Sylvia und Seamus erspart. Statt dessen verbrachte ich den Abend und die Nacht im Generalhospital von Galway. Abteilung Unfall und Notfälle. Sehr behaglich. Man hatte mich noch halb bewußtlos mit dem Helikopter rübergeflogen und dort untersucht. Abgesehen von einem angebrochenen Schlüsselbein und einer leichteren Gehirnerschütterung, Schürfwunden und der einen oder anderen Prellung, alles auf der linken Seite, war ich mit einem Schock davongekommen. Mir war wohl angesichts des nahenden Busses und der nicht intakten Bremse eine alte Rodelweisheit blitzschnell in den Sinn gekommen: Wenn du wegen vereister Piste den Schlitten nicht mehr im Griff hast, werf dich nach links runter. Warum nach links, wußte ich nicht mehr. Beim hier real existierenden Linksverkehr wahrhaftig lebensrettend. So war ich in den Graben links neben der Straße geflogen. Jedenfalls bildete ich mir das ein. Wahrscheinlicher war, daß ich mich lediglich nach links vom Rad hatte fallen lassen. Aber die Idee mit dem Fliegen war mir angenehmer, und vielleicht würde ich der Inselverwaltung auf Inish Mór bei meinem nächsten Besuch vorschlagen, ein neues Warnschild neben dem alten anzubringen, das zeigt, daß eine fliegende Frau durchaus auch im Bereich der Möglichkeiten dieses Hügels liegt. Wenn am Rad herummanipuliert worden war … Während man mich röntgte und verband, versuchte ich mich krampfhaft daran zu erinnern, ob ich die linke Bremse vor dem Unfall auf dem Rückweg schon einmal gezogen hatte. Daß sie bei der Übernahme des Fahrrads noch funktioniert hatte, dessen war ich mir sicher. Ich prüfe grundsätzlich alle wesentlichen Funktionen eines Leihrades sofort. Das Rad hatte die Polizei auf der Insel sichergestellt. Falls da etwas mutwillig beschädigt worden war, würde man das herausfinden. Eigentlich wollte ich nach meiner Verarztung Father Keane anrufen und ihn bitten, mich sofort abzuholen. Father Keane durfte ich anrufen, doch von Ab-

holen war nicht die Rede. Ich müsse wegen der Gehirnerschütterung und des Schocks zumindest die Nacht noch unter Beobachtung bleiben. Seufzend griff ich nach der Bibel, die mir als Patientin zur Verfügung stand. Mein Buch fürs Bett war natürlich im Köfferchen auf der Insel in Sylvias Gewahrsam. Ich war froh, daß sich aus meinem Gepäck keinerlei Anhaltspunkte ergaben, die auf etwas anderes als meine dienstlich bedingte Neugier schließen ließen. Was sie von den zwei Kondomen in meinem Waschbeutel halten würden, war mir egal. Die hatte ich irgendwann mal auf einer Reise darin aufbewahrt und aus Faulheit, Vergeßlichkeit oder unerschütterlichem Optimismus nie herausgenommen. Ob Sylvia und Seamus sie jedoch verräterisch für eine angeblich harmlose Journalistin für Kirchenangelegenheiten finden würden, blieb fraglich und abzuwarten. Die zwei würde ich bald wiedersehen, das war mir klar.
Father Keane war am Telefon außer sich, als ich ihm von meinem Unfall berichtete. Den Rest, so versicherte ich ihm, würde er am Morgen erfahren, wenn er mich abholen käme. Und es wäre nett von ihm, mir beim Einkauf in Galway behilflich zu sein. Ich seufzte, aber da ich immer versuche, aus jeder Situation das Beste herauszuholen, schlug ich das dritte Kapitel der Genesis auf. Das wollte ich schon lange mal wieder lesen und ernsthaft darüber nachdenken.

»Wenn wir hier frischen Koriander bekommen, brauche ich noch Linsen.« Die riesige schwarze Kutte schob brav den Einkaufswagen neben mir durch den Supermarkt. Father Keane beugte sich zu mir hinunter. »Und Padraig sagte wirklich, am Morgen waren die Fundstellen immer wieder zu?« Er griff ins Regal mit den frischen Kräutern. »Das ist kein Koriander, Father, sieht zwar so ähnlich aus, ist aber Kerbel. Da ist er! Nein, nicht alle Gruben, nur zwei- oder dreimal hat er das beobachtet. Innerhalb von vier Wochen oder noch länger.«

»Linsen sind da drüben.« Er setzte sich in Trab und kam mit einer Packung zurück, die er in den Wagen warf. »Könnte sein, daß sie dort etwas gefunden haben, von dem sie nicht wollen, daß es den offiziellen Weg nimmt.« Ich stimmte ihm zu. »Etwas, was richtig Geld bringt.« Er seufzte enttäuscht. »Das hätte ich wirklich nicht von der kleinen Sylvia gedacht.«

»So klein ist sie nicht mehr, Father. Sehen wir uns doch jetzt an, was die Fischtheke aufweist, oder können wir über Clifden fahren und beim Fischhändler vorbeischauen?« Er nickte geistesabwesend. »Was mich wundert, ist, daß Archäologen so etwas überhaupt fertigbringen. Das verblüfft mich. Aber noch sind es nur Vermutungen und keine Beweise, Father. Wir können jetzt an die Kasse tingeln.«

»Und wir sind in der Sache mit Mary keinen Schritt weiter. Wen hast du eigentlich für heute abend eingeladen, und kannst du mit der Schlinge überhaupt kochen?«

»Zu eins: Wir sind dem Mörder Marys nicht im geringsten auf der Spur, völlig richtig. Zu drei, solange man mir nichts eingipst, koche ich. Zu zwei, ich habe die beiden Jungs vom JJ Adventure Centre eingeladen. Den Engel und den Teufel. Es wird sicher ein aufregendes Tête-à-tête werden.« Keane lachte so laut, daß sich alle in der Schlange vor der Kasse zu ihm umdrehten und vorsichtshalber mit dem Priester mitlachten.

»Und wer bitte ist wer? Ein blonder Engel und ein schwarzer Teufel oder andersrum?« Er klang höchst amüsiert.

Ich dachte nach. »Das weiß ich noch nicht so genau. Aber lieber wäre es mir, denke ich, wenn es nicht so wäre, wie es ins Klischee paßt.«

»Es ist nie so, wie es ins Klischee paßt«, sagte er nun mit gedämpfter Stimme, »das weißt du selbst. Das Gefährlichere ist immer das Aufregendere.«

»Und die Guten kommen zu kurz in diesem Leben, auch das wissen wir, Father.« Ich begann, die Lebensmittel auf das Fließband zu legen und stellte zuerst den Korb mit Erdbeeren darauf.

Ich fange immer mit dem Falschen an. »Und als was gehst du heute abend, wenn ich fragen darf?«
»Ich habe mich entschlossen, eine Banshee zu sein. Ich trage eh meist schwarz. Und blaß bin ich noch vom Unfall.«

»Jeder von uns, denke ich, hat seine, sagen wir, unbekannten Seiten, hab' ich recht, John?« John schaute auf die Tischdecke und spielte mit der Stoffserviette. Er nickte ohne aufzuschauen, und mein Verlangen, herausfinden, welcher Art denn Johns nicht öffentliche Seiten waren, war ungebrochen. Der Mann faszinierte mich. Gleichzeitig warnte mich auch etwas vor ihm.
Wie waren wir darauf gekommen? Ich hatte zum Linsensalat mit Koriander und einer Prise Kreuzkümmel die Geschichte von meiner Fahrradfliegerei auf Inish Mór aufgetischt und den beiden auch das Ergebnis der polizeilichen Untersuchung, das man mir durchgegeben hatte, als ich gerade mit der freien Hand die Lauchsuppe pürieren wollte, mitgeteilt. Die Leitung der linken Bremse, die zum Hinterrad führt, war fein säuberlich durchgeschnitten gewesen. Nicht gerissen, ausgefasert, marode, sondern glatt seziert. Irgend jemand mochte mich nicht auf der größten Aran-Insel. Oder hatte man es nur auf die Fahrräder abgesehen, die ich mir regelmäßig auslieh? Das erste verschwand, das war noch in Maßen witzig gewesen. Doch mit der Manipulation am zweiten lagen die Dinge gänzlich anders.
»Würde das schon unter Mordversuch fallen?« fragte John leise.
»Quatsch«, rief Jürgen dazwischen und nahm sich vom Salat nach. »Die Anklage würde kein Gericht erheben, noch nicht mal eins an der Westküste. Mordanschlag mittels durchgetrennter Bremsleitung an ausgeliehenem Fahrrad auf Aran-Insel. Blödsinn. Jemand wollte ihr einen gehörigen Schrecken einjagen. Aber, Doris, warum?«
»Und wer?« ergänzte John Jürgens Frage. Ich zögerte, die beiden

weiter einzuweihen. Die Unfallspuren konnte ich nicht verbergen. Beide Männer waren bemüht, mir beim Decken und Abräumen alles abzunehmen. Ich hatte gekocht, aber nun ließ ich mich gern bedienen. Sollte ich ihnen erzählen, warum ich zum Dun Anghus hinaufgestiegen war? Konnte ich mit ihnen über Sylvias und Seamus' offenbares Geheimnis plaudern, Padraigs zugeschaufeltes Ausgrabungsloch zur Sprache bringen und Father Keanes feine große Nase rühmen? Johns und mein Blick trafen sich. Ich spürte den Stich in der Magengrube. Es waren sicher nicht mehr als zwei, drei Sekunden, doch es schien mir endlos, daß wir einander ansahen. Ich merkte, wie ich rot wurde und auf dem Teller vor mir Halt suchte.

»Warum?« Jürgen hatte ich momentan ganz vergessen, obwohl er rechts von mir saß. John saß zu meiner Linken. Ich am Kopfende in der Mitte. Engel und Teufel.

John absorbierte in mir eindeutig alle Phantasiekapazitäten, über die ich normalerweise verfüge. Mein Repertoire und der Umfang der kreativen Megabytes in meinem Hirn sind nicht unbeträchtlich. An dem Abend, nach diesem Blickkontakt, besaß ich weder den Nerv noch die Energie, mir für die zwei eine plausible Geschichte auszudenken. Ich erzählte ihnen von den Gerüchten im Dorf, daß vielleicht mit den Ausgrabungen etwas nicht stimme. So etwas reize mich natürlich als Journalistin, mich da einmal ein bißchen umzusehen. Rein beruflich bedingte Neugierde, schloß ich ab. Den Priester hielt ich völlig raus, auch die ermordete Mary McCabe.

Nun wurde ich Zeugin eines kurzen Blickaustauschs zwischen den beiden Männern. Eindeutig unerotischer Natur. Doch was bedeutete der?

»Könnte da Archäologieraub eine Rolle spielen?« John hatte sich mir wieder zugewandt. Ich zuckte mit den Schultern.

»In dem Fall wären die da oben in keiner Weise daran interessiert, wenn sich die Presse, in deinem Fall auch die ausländische Presse, um sie kümmert.« Jürgen hob sein Glas und prostete mir zu. »Dann sollte das mit dem Rad eine Warnung sein, und ich hoffe, in deinem und ...«, hier stockte er einen Moment, »in Johns und meinem Interesse nimmst du das ernst und läßt sie in Ruhe. Slanté!« Ich prostete zurück und nahm einen Schluck.

»Es ist mein Beruf, Dingen nachzugehen. Ich kann nicht einfach sagen, Schluß, aus, ich recherchiere hier nicht weiter.«

»Wo ziehst du die Grenze, Doris?« Jürgen war hellwach und interessiert. John krümelte mit dem Brot herum, schien aber jedes Wort genau zu registrieren. »Ist das nicht manchmal gefährlich?« fuhr der Deutsche fort.

»Ich eigne mich nicht als Märtyrerin, auch wenn ich für die Kirchenpresse tätig bin, und die Grenze ziehe ich bei Mord. Das heißt, schon vorher. Ich bin eigentlich ziemlich feige«, setzte ich noch leise hinzu. Mary McCabe tanzte um uns herum, aber keiner von uns sprach von ihr.

»Was mich dabei verblüfft«, fuhr ich fort, »vielleicht bin ich ja auch naiv, ist, daß Archäologen, also Menschen, denen ich eine Liebe zu historischen Funden und Respekt vor ihnen unterstelle, daß die sich auf so etwas einlassen. Daß sie des Geldes wegen Geschichte unterschlagen. Ich kann das nur sehr schwer begreifen.«

Es herrschte Stille.

»Du kannst nicht zusammenbringen, daß man etwas lieben kann ...«, Jürgen sprach nicht mehr zu mir, sondern in den Raum hinein. Seine Stimme klang plötzlich eigentümlich tonlos, hatte ihre natürliche Wärme, die ihr sonst eigen war, verloren. Auch Jürgens Unbekümmertheit, seine jungenhafte Fröhlichkeit, war verschwunden. Ich rührte mich nicht auf meinem Stuhl.

»Und es gleichzeitig zerstören muß?« Ich war nicht sicher, daß John, der den zweiten Teil des Satzes gesagt hatte, ihn tatsächlich als Frage gemeint hatte. Johns Stimme klang wie gewöhnlich sanft, weich, vielleicht eine Spur unbeteiligt, eben wie immer.

»Zerstören?« Jürgen schien aus seinen Gedanken gerissen. »Nein, das meinte ich nicht. Ich wollte sagen, daß man etwas liebt und es mit niemandem teilen will. Eben weil man es liebt.« Ich schaute ihn fragend an. John hatte seinen Blick wieder gesenkt und schaute auf die Tischdecke.

Jürgen lachte auf einmal. »Na, ich könnte mir vorstellen, falls die da oben auf den Arans Sachen verschwinden lassen, daß die das nicht aus Geldgier tun, sondern weil sie einfach die Dinge für sich haben wollen. Kein Museum, keine Öffentlichkeit, die pflichtbewußt und achtlos an historischen Zeugnissen vorbeiläuft, sondern daß sie sich eine kleine Privatschatzkammer einrichten und sich daran ehrlich erfreuen, weil sie die Dinge wirklich lieben.« John starrte ihn an. Der Gedanke war mir bisher nicht gekommen. Ich hatte einen Einwand. »Wer, weil er liebt, das Objekt seiner Liebe nicht teilen will, dem unterstelle ich als allerletztes Motiv wahre Liebe.«

»Das nennt man Besessensein, Jürgen.« John sagte das, ohne einen von uns anzusehen und ohne hörbare Gefühlsregung. »Das ist Leidenschaft!« Jürgens Stimme klang wieder fröhlich. »Aber das ist Besitzenwollen um jeden Preis, egal, was es kostet!« Ich merkte, daß ich nun heftig wurde. Das Telefon klingelte. Ich stand auf und nahm ab. Es war der leidenschaftslose Polizist aus Dublin. Ob ich ihn morgen früh in die kleine Kirche in Renvyle begleiten würde? Er habe etliche Neuigkeiten über das Verschwinden der Frauenfiguren. Um elf? Vorher vielleicht einen Tee im Hotel am Kamin? Vielleicht war er doch nicht so leidenschaftslos. Jeder hat seine unbekannten Seiten.

Als ich zurückkam, schienen sich beide Männer einig zu sein, das Gespräch über dieses Thema nicht weiter fortsetzen zu wollen. Vielleicht hatten sie sich in meiner Abwesenheit darüber verständigt. Sie servierten die Suppe, und den Rest des Abends unterhielten wir uns über die Berge. Über Mweelrea und meine Begeisterung für das Bergland, das jedoch hier direkt an der Küste wegen des plötzlich aufziehenden Nebels nicht ungefährlich war. Jürgen war wie immer und flirtete ein bißchen mit mir. John schaute mich überhaupt nicht mehr an, wie fast immer. In dieser Nacht konnte ich kaum schlafen und versuchte mir klarzumachen, was mich am Einschlafen hinderte und was mich beunruhigte. Ich konnte mich nicht entscheiden: Entweder, es war John oder das merkwürdige Gespräch am Tisch.

Gallagher rührte in der Teetasse. »Dreizehn in den letzten drei Jahren.«

»Und wo?«

»Die meisten natürlich in Tipperary. Da gibt es auch die meisten, von denen wir wissen. Aber auch eine im nahen Roscommon.«

»Der Grafschaft, aus der Sie stammen«, warf ich ein. Er nickte. »Eine besonders schöne Sheelagh wurde erst vor zwei Monaten hier vor der Haustür geraubt, in Südconnemara, in der Gaeltacht gegenüber Inish Mór aus einer Friedhofsmauer gebrochen.« Ich runzelte die Stirn. »Eine Nacht- und Nebelaktion, wie immer bei solchen Diebstählen. Ohne exakte Ortskenntnisse und genaue Planung ist so etwas nicht möglich. Die nehmen fast immer eine Nacht, wo sich im Ort lautstarke Ereignisse woanders konzentrieren und das ganze Dorf auf den Beinen ist. Schließlich muß man die Sheelaghs aus Steinen herausbrechen, das macht Krach. An dem Abend, ich habe mir von der örtlichen Garda die Unterlagen kommen lassen, hatte der Osterkurs in Gälisch seine große Abschiedsfeier mit Musik und Tanz.« Ich erinnerte mich daran, daß Marys Kinder regelmäßig von ihren Eltern auf diese Kurse geschickt wurden, um ihr Irisch für die Schule aufzubessern.

Irisch war immer noch Hauptfach an allen weiterführenden Schulen Irlands. Sehr zum Leidwesen der meisten Kinder und deren Eltern, besonders wenn sie in Dublin lebten. Aber so lange für das Abschlußexamen, das den Zugang zu einer Universität ermöglicht, eine exzellente Note in Irisch verlangt wurde, schickten die Eltern ihre zunächst murrenden Kinder in den Schulferien in die Schulen der drei Gaeltachts, den gälisch sprechenden Gegenden Irlands. Das gesellige Leben neben dem Unterricht entschädigt die Kinder und Jugendlichen jedoch bald, und die Abschiedsfeiern bilden für das ganze Dorf dann den Höhepunkt. »Sie sagten: von denen wir wissen. Sind denn nicht alle Sheelaghs, wie soll ich mich ausdrücken, irgendwo erfaßt?« Der Kommissar bestätigte meine Vermutung, fügte jedoch hinzu, daß auch immer wieder neue Sheelaghs auftauchten. Neue alte sozusagen, die zufällig in abgelegenen Dörfern entdeckt würden, von deren Existenz oft nur ein paar alte Einwohner wüßten, die das pornographisch geartete Geheimnis ungern preisgäben. »Die hier in der kleinen Kirche ist so eine erst vor kurzem bekanntgewordene Sheelagh. Doch das erzähle ich gleich, wenn wir sie uns ansehen. Sollen wir, Doris?« Ich trank meinen Tee hastig aus, und wir liefen los. Europas streßfreie Zone.

Auf dem Weg zur Kirche berichtete Gallagher mir, daß man in keinem Fall bisher die Diebe – ein einzelner könnte die Arbeit nur schwer bewerkstelligen – hatte stellen können. Nichts. Ab und zu war es sogar passiert, daß aus Scham über die schamlose Beute der Diebstahl zunächst nicht gemeldet wurde. Vielleicht war der eine oder andere katholische Priester sogar über die Entführung der »Hexe an der Wand« aus seiner Kirche erleichtert gewesen. Was, so warf ich ein, vermutet die Polizei hinsichtlich des Verbleibs der gekidnappten Damen?
»Entweder sie werden direkt ins Ausland geschmuggelt – man munkelt, nach Frankreich oder Deutschland. Da scheint es einen florierenden Schwarzmarkt mit extrem hohen Preisen für erotisch-archäologische Funde zu geben, um das mal so zu nennen.« Selbst der Polizist war jetzt leicht errötet. Irische Männer

sind tatsächlich ziemlich verklemmt, ging es mir wieder durch den Kopf.
»Oder?«
»Oder«, wieder stockte er leicht, »oder sie bleiben in Irland.«
»Weil es auch in Irland einen florierenden Markt für so etwas gibt? Unter der Hand natürlich, wie die Pornos unter der Ladentheke in jedem zweiten Dorf.«
»Ja, das heißt, nein. Wir vermuten dann schon eher, daß es sich um einen Auftraggeber handelt, der die Sheelaghs gezielt stehlen läßt.«
»Interessant.« Wir waren bei der Kirche angekommen, und Gallagher zog die Schlüssel aus seinem Jackett.
Innen war es kühl, und wir steuerten auf die Sakristei zu. Er knipste seine Taschenlampe an. »Diese Sheelagh hier hat etwa Normalformat. 30 cm. Kaum zu erkennen ...«
»Wenn man nicht weiß, daß sie da ist«, ergänzte ich sachkundig. Im Gegensatz zum Priester hielt Gallagher dem Anblick der nackten Frauengestalt mit den gespreizten Beinen nüchternen Blickes stand. Ich musterte ihn von der Seite. »Wie alt mag die hier sein?« fragte ich ihn. »Father Keane hat sich erkundigt, und man hat ihm gesagt, vielleicht 17., 18. Jahrhundert, also noch recht jung für eine Sheelagh. Die in Südconnemara war nicht nur größer und schöner, auch älter.«
»Woran erkennt man das?« fragte ich. »An der Art und Weise, wie der Stein bearbeitet wurde. Die Existenz dieser hier hat sich erst seit ungefähr einem Jahr herumgesprochen. Aber dazu befragen Sie besser noch mal den Priester.«
»Sagen Sie, Jeremy, gibt es eigentlich noch andere Namen für sie?«
»Sie meinen andere Bezeichnungen? Tja, da wäre ›Hexe an der Wand‹, wie ich es schon einmal sagte. ›Erdmutter‹ oder ›Sanct Gobnait‹. Menschen, die sich für irisch-keltisches Christentum interessieren, halten sie für die heilige Gobnait, die Schutzheilige der Imker, die in Ballyvourney am 11. Februar gefeiert wird,

oder auch für die heilige Bridget. Manchmal wird sie auch Cathleen Owen genannt.«

»Ein merkwürdiger Name. Er hört sich so vertraut an. Ein Allerweltsname eher.« Er stimmte mir zu, und wir gingen zum Ausgang. »Wie geht es eigentlich Ihrem Schlüsselbein?« Ich bewegte den Arm in der Schlinge. »Danke, es geht. Leider hat sich mir der tiefere Sinn des Unfalls noch nicht entschlüsselt.« Er wußte Bescheid, meinte aber auch, keine Zusammenhänge zwischen dem, was vielleicht oder angeblich bei den Ausgrabungen auf Dun Anghus vor sich gehe, und dem Mord an Mary McCabe erkennen zu können. »Ich komme einfach nicht weiter.« Gallagher sah resigniert aus. Zum ersten Mal stellte ich das bei ihm fest. Er tat mir leid. Ich hätte ihm gerne geholfen. Plötzlich lachte er ein wenig. »Aber da ich nun mal hier bin, werde ich mich nützlich machen. Ich fahre jetzt bei den Kollegen in Galway vorbei. Die haben vom Hauptquartier in Dublin einen Hinweis bekommen, daß hier in regelmäßigen Abständen Heroin an der Küste an Land geht, das dann nach einiger Zeit in Dublin auftaucht. Nachdem sie in Cork zu oft geschnappt worden sind, laufen sie jetzt wohl Connemara an. Eigentlich hätte ich Ihnen das gar nicht sagen dürfen, ich weiß auch nicht, wieso es mir rausgerutscht ist.« Es war ihm offenbar peinlich. Ich tröstete ihn. »Machen Sie sich nichts draus. Immer wollen Menschen mir etwas erzählen und wissen oft gar nicht, warum.« Er schaute mich fragend an. »Ich muß wohl an Seelsorge oder Beichte erinnern. Aber seien Sie unbesorgt, bei mir sind Geheimnisse sicher. Ich habe nichts gehört. Vielleicht kommt ja bald auch jemand, der etwas über den Mord an Mary weiß, und erzählt mir etwas wirklich Wichtiges. Ich gebe die Hoffnung nicht auf!« Wir verabschiedeten uns, und tief im Innern hatte ich auf dem Weg nach Hause das Gefühl, er selbst, dieser elegante Polizist aus Dublin, hatte mir, ohne es zu ahnen, an diesem Morgen schon etwas wirklich Wichtiges erzählt. Nur, was war es gewesen?

Am besten kann ich denken, wenn ich laufe. Ich habe es schon lange bedauert, daß man beim Laufen nicht schreiben kann. Das wäre das Optimale für mich. Mit Laufen meine ich nicht, mäßigen Schrittes durch die Innenstadt meines Heimatortes zu schlendern. Das kann ich auch, doch führt es meist zu unnützen Spontaneinkäufen. Nein, ich meine ernsthaftes, zügiges Wandern in unberührter, am liebsten menschenleerer Natur. So wie hier am Doo Lough, dem düsteren See im Delphital, wo ich John zum erstenmal getroffen hatte. Laufen fördert nicht nur die Durchblutung der Gehirnzellen, was wiederum beflügelnd auf die Phantasie wirken könnte, sondern sorgt bei mir für eine Systematisierung ungeordneter Gedankengänge und sperriger Informationspauschalen. Ist es der regelmäßige feste Schritt, den ich bergauf und bergab nehme, der den Verwirrungen im Kopf Grenzen setzt und Raster wie Muster herauszuschälen vermag? Oder haben die Berge, das Meer, die Seen, die Gräser, die Steine, die Bäume, die Luft und der Himmel, kurz, die Landschaften, in denen ich laufe, die Wirkung einer Konzentrationsdroge? Das Laufen versetzt in den Stand, Dinge zu fokussieren, sie gedanklich unter die Lupe zu nehmen, an ihnen herumzuschnippeln, sie zu tranchieren, an ihnen zu schnüffeln, sie in eine mögliche Reihenfolge zu bringen. Diese dann wieder zu verwerfen, das Puzzle entnervt auseinanderzuschütteln und anders neu zu beginnen.

Ich zog die Kapuze des Anoraks hoch und band sie fest. Der Wind hatte zugenommen, Regenwolken zogen schnell vom Meer über dem Mweelrea auf. Auf der Mitte des Sees waren wie fast immer Angler in einem Boot zu sehen.

Obwohl es erst früher Nachmittag war, wirkte der von den Bergen umringte See plötzlich so, wie er hieß: düster. Die Wellen schlugen heftiger ans Ufer, die zwei Männer im Boot ruderten nun auf das sichere Land zu. Der See ist bekannt für seine Tükken, spritzende Gischt, unbotmäßige Strudel, gefährliche Strömungen, die bei Sturm auftreten können. Mit Doo Lough war

nicht zu spaßen, hatte ich immer wieder von den Einheimischen gehört. Und Doo Lough war sehr tief. Abgründig tief. Was hier untergeht, taucht so schnell nicht wieder auf.
Ich hörte die Ruderschläge und drehte mich um. Einer der Männer winkte, als sie das Boot festmachten. Kannte er mich? Er war stämmig und trug grünes Ölzeug. Die Kapuze reichte ihm fast über die Augen. Vom anderen konnte ich im Moment nur den Rücken sehen, während er das Angelzeug zusammenpackte. Instinktiv ging ich auf die beiden zu. Der Dickere zog seine Kapuze vom Kopf und enthüllte eine Glatze. »Sind Sie es? Ich habe Sie erst gar nicht erkannt«, rief er mir zu. Als freundlicher Ire hatte er, wie das in dieser Gegend üblich ist, sozusagen prophylaktisch gegrüßt. Wer an der Westküste mit dem Auto herumfährt, besonders hier in Connemara ist es weit verbreitet, der grüßt mit der Hand vom Steuerrad aus jeden Entgegenkommenden, ob Fahrer oder Fußgänger. Alles andere wäre unhöflich und einfach nicht nett. Ich erkannte nun Francis Doble, den Abgeordneten aus Dublin. Der mit der roten Glatze im Pub in Tully. »Schönes Wetter heute«, rief ich ihm zu. Er kam mir keuchend entgegen. »Nicht übel«, stimmte er zu, »aber fürs Angeln wird der See jetzt zu ungemütlich.« Sein Sportsfreund schien noch ein wenig im Boot zu tun zu haben. Er packte immer noch Kescher, Eimer und Angeln ein. Ich begann, mich über ihn zu wundern. Irische Männer sind zwar schüchtern, doch gleichzeitig unbeirrt neugierig.
»Wir haben uns doch neulich im Pub kennengelernt, oder?« Ich nickte.
»Und Sie sind immer noch hier oder schon wieder?«
»Schon wieder. Ich komme, so oft es geht. Dies ist für mich die beste Gegend zum Fischen in ganz Irland. Früher habe ich mal in Cork gefischt, aber das ist mit hier nicht vergleichbar. Und Sie?«
»Ich bin immer noch hier. Ich schätze, ich bleibe, solange es meine Arbeit erfordert.« Doble schaute mich einen Moment

lang mißtrauisch an. Dann verabschiedete ich mich und wandte mich zum Gehen. Hinter mir hörte ich, wie Doble seinem Kollegen auf irisch etwas zurief. Ich drehte mich noch einmal um und schaute zum Ufer hinunter, wo das Boot lag. Der zweite Mann kam nun mit den Angelsachen in den Händen über den Kieselstrand. Ich erkannte ihn sofort. Als ich ihn das letzte Mal gesehen hatte, trug er Steine. Es war Seamus, der Archäologe von Inish Mór. Ich winkte ihm, so gut es ging, mit dem Arm in meiner Schlinge zu. Er drehte sich weg.

Die Luft schlug ihm kalt entgegen. Es roch nach Moder und etwas Blumigem. Sandelholz. Er wußte auch im Dunkeln, wo der Gasofen aus Metall stand. Nur er wußte es, nur er kam hierher, allein. Er zog die Streichhölzer aus seiner Tasche und fachte den Ofen an. Dann entzündete er die drei Kerzen des mehrarmigen Kerzenleuchters im Raum. Zwölf Kerzen waren es insgesamt. Er hatte sie so plaziert, daß das flackernde warme Licht, das sie verströmten, die kleine Kammer rundum erleuchten konnte. Seine Sakristei. Seinen Altar. Ihm ganz allein gehörte dieses Reich. Er kniete sich auf den Boden, dort wo das Kissen lag, hielt für einen Augenblick den Kopf gesenkt, dann schaute er die an, die rechts von ihm an der Wand aufgereiht standen. Das Gesicht der ersten war nicht mehr zu erkennen. Wind und Regen hatten es über die Jahrhunderte hinweg zerfressen. Ihre Brüste jedoch waren riesig und standen nach beiden Seiten hin ab. Der Bauch war rund gewölbt, hochschwanger. Die zweite, an der sein Blick hängenblieb, hatte eine abscheuliche Fratze, bleckte die Zähne wie ein Raubtier. Sie war etwas größer als die erste und hielt einen Stab in der linken Hand. Er drehte den Kopf nach links. Dort standen drei von ihnen nebeneinander, alle ihre Geschlechtsorgane mit gespreizten Beinen dem Betrachter entgegenstreckend. Vorsichtig erhob er sich und ging auf die zu, die vor ihm standen. Kleine Brüste,

große Vulva, eine Scheibe haltend. »Cailleach«, flüsterte er. Seine Stimme klang rauh. Er ließ seine Finger über die Genitalien der Figur gleiten.
Jede von ihnen sprach er nun an. Sein Atem ging schneller und wurde gepreßt. Die Kerzen vor ihm zuckten und flackerten. Er begann sich auszuziehen. Hastig warf er die Sachen auf den Boden. »Sheelagh.« Er griff gierig nach einer der Statuen zu seiner Linken. Es waren neun Figuren, die er um sich aufgebaut hatte. Er wußte, bald würden es zehn sein.

Father Keane stand am Fenster meines Ferienhauses und beobachtete amüsiert das Treiben zweier Kühe und eines Kälbchens vor meinem Gartentor. »Die wollen dich offenbar besuchen«, meinte er schließlich und drehte sich zu mir um. »Die wollen nicht mich besuchen, Father, sondern mein ach so schmackhaftes Gras.« So hatte mir der Farmer, mein Nachbar Paul Coyne, das tägliche Plattdrücken ihrer feuchten, weichen Nasen und Mäuler an meinem harten Eisengitter erklärt. Einmal war ich spätabends im Dunkeln nach Hause gekommen und hatte das Tor weit offenstehend vorgefunden, nicht mit vorgeschobenem Riegel, wie ich es verlassen hatte. Da ich sicher war, hier keinen Einbrecher anzutreffen, lief ich sorglos die Einfahrt durch den Garten hindurch hinauf zum Haus. Dort blieb ich jedoch wie angewurzelt stehen. Den Schrei hatte ich schon halb in der Kehle vorformuliert. Drei schwarze, bedrohliche Umrisse gewaltiger Gestalten standen vor meiner Tür. Erstens bin ich nachtblind und zweitens ein Angsthase. Der Schreck machte mich sprachlos. Nach einigen Sekunden erkannte ich erleichtert Coynes Rindviecher, die sich kurz erschraken, als ich sie ertappte, sich dann aber wieder dem Gras im Garten zuwandten. Nachdem ich etwa eine Viertelstunde lang lernen mußte, daß ich mich nicht als Kuhhirtin eignete, keine der drei nahm meine Drohgebärden und Rufe in irgendeiner Weise ernst, rief ich Coyne an, der sie ohne Federlesens in null Komma nichts aus meinem Garten vertrieb. Man kann nicht alles können.

»Du hast mich gefragt, seit wann ich von der Sheelagh in unserer Kirche weiß. Selbstverständlich von Anfang an, also seit ich hierherkam. Mein Vorgänger hat sie mir gezeigt. Das war vor etwa zehn Jahren. Nur, sie war nicht bekannt unter den Leuten. Die Alten, die davon wußten, hielten Abstand und den Mund. Wenn so etwas die Runde macht, kommen in Scharen Pilger herbei, die ich eigentlich nicht so gerne habe. Weißt du, sie kommen aus falschen Beweggründen. Da ist es mir lieber, sie kommen gar nicht.«

Der Rhododendron vor dem Haus ließ langsam die lila Pracht zu Boden fallen. Bald würde ein dichtes, grünes Gestrüpp das Haus umgeben. Der Juni war fast vorbei.

»Und wann und warum machte das Geheimnis der Sheelagh dann doch plötzlich die Runde?« Der Pfarrer setzte sich umständlich. »Das habe ich mir in den letzten Tagen auch immer wieder durch den Kopf gehen lassen. Damals habe ich mir darüber eher wenig Gedanken gemacht. Ich war nur verärgert wegen der, wie ich schon sagte, unwillkommenen Pilger in Anführungszeichen, die zu erwarten waren. Hast du etwas zu knabbern? Ich weiß, ich bin unverbesserlich.« Wir grinsten beide, und ich holte eine Schachtel Pralinen, die ich für Gäste immer gerne bereithalte, wenn sie mir etwas erzählen sollen oder wollen.

»Also, wie es ganz genau war, haben wir damals natürlich nicht aufklären können.«

»Wir?« unterbrach ich ihn. »Na, der Bischof und ich. Der war natürlich auch nicht gerade erfreut über Sheelaghs nun öffentliches Dasein. Diese PR ist der katholischen Kirche immer noch peinlich, weißt du doch.« Er beugte den Kopf lange unschlüssig über die Schachtel. »Erdbeertrüffel ist die mit den Pistazien drauf, links vorne.« Er schaute mich dankbar an und fischte sich das begehrte Praliné heraus.

»In den zwei Wochen, bevor es in der Zeitung stand, in der Mayo News, in Westport, war hier allerhand los. Erst hatten wir Meereswoche in Letterfrack. Besucher aus ganz Irland und der ganzen Welt, wenn du so willst, liefen in der Kirche herum, die damals natürlich noch immer offenstand. Dann kamen die Schulklassen aus Westport, die zelteten hier bei Glassilaun. Und für die bereiteten wir mit den Lehrern eine Abschiedsmesse vor. Dann gab es eine riesige Hochzeit mit vielen Gästen aus Dublin, Amerika, England, na, du weißt schon, wo wir Iren überallhin verstreut sind, und Mary half der Familie der Braut, die von hier stammt, mit dem Kirchenschmuck. Tja, und nach diesen zwei Wochen stand in der Zeitung ein großer Bericht über unsere Sheelagh. Darf ich noch mal?« Ich nickte und hielt ihm die Schachtel einladend hin. »Welches ist Marzipan mit Rum, Doris?« Ich zeigte es ihm. »Sie nehmen sich immer die gleichen, Father, probieren Sie doch mal was Neues aus!« Er lachte. »Ach, Doris, wenn ich etwas habe, was ich genieße, dann nimmt es mich so gefangen, daß ich gar nichts anderes mehr sehe! Oder sehen will.« Er stopfte sich gierig Marzipan mit Rum in den Mund und lutschte dann lange daran.
»Ich rief damals sofort den Redakteur an und fragte, woher er das habe. Der fiel aus allen Wolken und fing an zu stottern. Stimme es etwa nicht? Er könne sich ohrfeigen, daß er die Information nicht an Ort und Stelle überprüft habe. Aus Bequemlichkeit, nehme ich an. Vielleicht auch aus Sensationslust.«
»Versteh' ich nicht ganz, Father.«
»Na, er hatte ein Schreiben erhalten, das ganz offiziell klang. Irgendeine obskure archäologische Vereinigung zum Schutz irischen Erbes, die es, wie sich später herausstellte, gar nicht gibt, habe ihn darüber informiert, daß es auch bei uns in der Kirche eine Sheelagh gäbe, und eine detaillierte Beschreibung beigegeben. Danach war in der Kirche die Hölle los!« Ich mußte über den letzten Satz des Priesters schallend lachen. Er schaute mich amüsiert an. »Stimmt aber. An manchen Wochenenden platzte

die Kirche aus allen Nähten, und sie schoben sich nach der Messe an der Sheelagh vorbei. Selbst aus Dublin kamen sie, ich schwör's. Unsere Leute aus den Dörfern hier hielten sich natürlich zurück, zumindest vordergründig.«
»Aber eigentlich ist es egal, wie es bekannt wurde, obwohl diese zugespielte, letztendlich anonyme Information an die Zeitung schon bedenkenswert ist«, meinte ich. »Wichtig für uns ist, daß es eben allgemein bekannt wurde und, wie wir durch die Diebstähle in den letzten drei Jahren wissen, ist eine bekannte Sheelagh schon fast eine entführte Sheelagh, oder würden Sie das anders sehen, Father?«
Er wich meinem Blick aus, als er nickte.

Ich lief zehn Meter hinter ihm an einem der vielen Rinnsale entlang, die vom Rücken des Mweelrea gen Delphital fließen. Es war ein unerwartet heißer Tag, der nicht unbedingt zum Bergwandern geeignet war. Doch als John am Morgen ohne Ankündigung vor meiner Tür stand und mich fragte, ob ich Lust hätte, mit ihm in die Berge zu gehen, hätte es auch schneien können, und ich wäre ihm blind gefolgt. Wir waren schon knapp auf der Hälfte des Weges nach oben, als meine Verblüffung über seine spontane Einladung der der Vorahnung eines prickelnden erotischen Abenteuers wich. Hätte er mir unvermittelt im Sumpf hier das herrlichste Lachssandwich mit Gurkenscheiben angeboten, wozu es im Moment keine Veranlassung gab, obwohl ich wie immer nicht gefrühstückt hatte, ich hätte nichts hinuntergebracht. Mein Magen war zugeschnürt, vielleicht um eine reibungslose Verbindung vom Bauch zum Herzen nicht zu gefährden. Ob der Kopf dabei angeschlossen war, wage ich heute zu bezweifeln. Ich merkte, daß ich, die passionierte Bergwanderin, keinen Blick mehr für die Schönheit der Berge hatte. So ist es im Leben. »Gehe ich dir zu schnell?« Er hatte sich kurz zu mir umgedreht. Ein bildschöner Mann.

Seine Haare waren schwarz, glatt und reichten ihm fast bis auf die Schultern. Er war nicht übermäßig groß, wie ich es sonst so attraktiv fand. Mir fielen kurz der Polizist und meine verflossenen Ehemänner ein. Auf die Größe allein kam es offenbar nicht an. Auch fehlte ihm das Accessoire, das ich an Männern hocherotisch finde, die Brille. Sehr wenige Iren tragen eine Brille, wie ich schon länger bedauernd registriert hatte, und auf meine Frage, ob das damit zusammenhänge, daß sie einfach bessere Augen als wir Deutschen besäßen, hörte ich immer wieder die lapidare Erklärung: nein, eher weniger Augenärzte und ein verbreitetes Desinteresse, Dinge wirklich scharf zu sehen. Von da an fuhr ich noch vorsichtiger auf Irlands Straßen herum.
Mein Herz raste. »Geh du dein Tempo, und ich geh meins, okay?« John nickte und stieg weiter hoch. Ich folgte ihm vorsichtig. Nach Tagen und Wochen des Regens ist es sehr schwierig, auf Irlands Berge zu steigen. Das richtige Schuhwerk zu wählen, ist schon fast unmöglich. Wanderstiefel, die ich normalerweise zu dem Zweck trage, schützen auf dem weichen, moorigen Boden nicht bis zu den Knien, bis zu denen man hier einsinken kann. Gummistiefel, die in diesem Fall geeignet sind, haben auf den Steinen weiter oben nicht genug Profil und geben keinen Halt. Ich hatte mir daher Gummistiefel für die erste Hälfte angezogen und schleppte die schweren Wanderschuhe im Rucksack mit. Ich fing an zu keuchen und legte eine kurze Verschnaufpause ein, die ich dadurch zu überspielen versuchte, daß ich mich versonnen zu den kleinen weißen Blumen neigte, die am Ufer des Baches einen Teppich bildeten. Nicht, daß dieser Outdoor-Mann vom Adventure Centre auf die Idee käme, ich sei nicht fit genug. Er wartete auf mich. »Sollen wir eine Pause machen?« fragte er, als ich ihn einholte. Meine Antwort war ein Husten. »Wenn du willst.«
»Gut, ich kenne einen wunderschönen Platz, wo sich der Bach erweitert, wo man auch schwimmen kann. Von dort aus hat man einen phantastischen Ausblick auf das Tal bis über den Fjord

Killary. Es ist nur noch ein kleines Stück, komm!« Er nahm meine Hand und zog mich mit. Ich war so verwirrt darüber, daß ich dem in meinen Augen höchst schüchternen Iren unterstellte, er sei der Meinung, ich schaffte ohne seine Hilfe den Berg nicht mehr. Deshalb entzog ich ihm meine Hand und bereute es im selben Augenblick. Er warf mir einen kurzen Blick zu und murmelte: »Entschuldigung«. Ich kochte vor Wut über mich. Als wir an dem Platz, den er ausgesucht hatte, angekommen waren, verschwendete ich keinen Blick auf die atemberaubende Aussicht, sondern versuchte zu retten, was zu retten war. Wenn noch etwas zu retten war. Es gibt einen alten journalistischen Trick: Wenn der Autor bei seiner Recherche in eine Sackgasse gelaufen ist und das, was er zu finden gehofft hatte, nicht gefunden hat, dann macht er seine Schwierigkeiten, seine Probleme zum Thema, zieht die Leser in seine Enttäuschung mit hinein, verhehlt ihnen nicht seine Unzulänglichkeit, verleugnet nicht die Grenzen, an die auch ein Journalist immer wieder stößt. Manchmal klappt es, und die Sendung oder der Artikel wird gerade deshalb ein Erfolg. »Weißt du, was ich eben dachte, als du meine Hand nahmst, John?« Er saß neben mir auf dem Gras und hatte den Blick auf die Blümchen geheftet. »Was?« kam es nach einer Weile. »Daß du dachtest, ich schaffe den Berg nicht. Das war mir peinlich, und deshalb ließ ich deine Hand los. Ich habe mich dann über mich selbst geärgert.« Stille. Mein Herz schlug bis zum Hals. Dann lächelte er und sah mich an. Ich sah ihn an. Unsere Augen versanken ineinander. Ich mußte dauernd schlucken, so aufgeregt war ich. Dann küßten wir uns.
Ich erinnerte mich noch verschwommen, als ich später in seinen Armen lag und ihn in mir spürte, daß ich schon lange davon geträumt hatte, jemanden wie John auf dem Mweelrea zu lieben. Bei strahlender Sonne. Wie gesagt, manchmal klappt sogar das Unwahrscheinliche.

In Clifden lief ich Kerry, Marys ältester Tochter, beim Einkaufen über den Weg. In den Wochen seit dem gewaltsamen Tod ihrer Mutter schien die Vierzehnjährige noch schneller erwachsen geworden zu sein, als es Mädchen in diesem Alter sowieso werden. Sie kam auf mich zu, als sie mich vor dem Stand mit dem Frischfleisch entdeckte. Ich war wohl in Gedanken versunken, die sich jedenfalls nicht den Lammkoteletts widmeten, die ich gerade in der Hand hielt, denn ich schreckte auf, als Kerry mich ansprach. Spontan lud ich sie zum Kaffee ein. Ich gehe gerne, wenn ich einmal die Woche zum Großeinkauf nach Clifden oder Westport fahre, danach irgendwo Kaffee trinken. Mit etwas Glück kann man im Sommer sogar draußen sitzen und dem Treiben am Morgen zusehen. Da rappeln Laster mit hochgetürmter Schafswolle durch die Einbahnstraßen und Traktoren, die Wagen voller Torf hinter sich herziehen. Vor zwanzig Jahren, als ich mich zum erstenmal länger an der Westküste aufgehalten hatte, rumpelten noch Torfwagen vorbei, die von Eseln gezogen wurden, so, wie man sie heute noch auf den Inseln vor Connemara erleben kann: auf Clare Island, Inisboffin, Inisturk und auf Inismeáin auf den Aran-Inseln. Jede Familie hier an der Westküste von Donegal bis Cork hat ihr zugeteiltes Stück *bogland*, Moorland, von dem sie nach eigenem Gutdünken Torf stechen kann, mit dem die offenen Kamine, manchmal sogar ganze Heizungssysteme befeuert werden. Der Heizwert dieser fossilen Vorstufe unserer Braunkohle ist noch geringer als bei unseren Briketts. Versunkene und verbrannte Wälder unvorstellbaren Ausmaßes, die einst die kahlen, steinigen Berge und Hochmoore Westirlands überzogen, lassen sich als Torfschichten wieder ausgraben. Grübe jede Familie Generation um Generation mit ihrer Torfschaufel, die in der Mitte ein Loch hat, hier, trüge sie Schicht um Schicht die braunen Schollen ab und stapelte sie kunstvoll in Pyramiden zum Trocknen am Wegesrand, würde es noch so lange reichen, bis sich das Energieproblem auf der Erde auf die eine oder wahrscheinlich andere

Weise gelöst haben wird. Doch obwohl die westlichen Grafschaften Einspruch erhoben haben, graben seit Jahren Maschinen den Torf Moor um Moor erbarmungslos ab. Hochmoor, das über zehntausend Jahre brauchte, um zu dem zu werden, was Mensch und Tier hier überleben ließ, würde unwiderruflich in den nächsten fünfzig bis siebzig Jahren verschwunden sein. Torf als Energiequelle für den Menschen. Gras als Energiequelle für das Tier, das wiederum letztendlich als Energiequelle für den Menschen dient. Aber wie gesagt, unter Umständen hat sich das Energieproblem in siebzig Jahren bereits gelöst, und ich mache mir nur überflüssige Gedanken.
An jenem Morgen machte ich mir zugegebenermaßen keine Gedanken über das Torfproblem. John und ich waren bis kurz vor der Dämmerung, die Ende Juni gegen elf Uhr abends einsetzt, auf dem Berg geblieben. An derselben Stelle. Als wir wieder bei mir zu Hause angelangt waren, hatte ich eigentlich erwartet, daß er die Nacht bei mir verbringen wollte. Doch er küßte mich sanft auf den Mund, sagte, er müsse morgen sehr früh etwas erledigen, würde aber im Lauf des morgigen Tages anrufen. Er verschwand so unerwartet, wie er am Morgen gekommen war. Ich ging mit einer unguten Mischung aus Glücksgefühlen, Mißtrauen und Enttäuschung zu Bett und merkte, daß ich zu müde war, um zu schlafen. Morgen würde ich auch viel zu tun haben, beschloß ich düster.
Kerry hatte sich einen bunten Eisbecher bestellt, ich trank einen Cappuccino. Die Sonne strahlte schon den zweiten Tag in Folge. »Fast wie im Süden«, lachte Kerry und löffelte die Sahne mit dem roten Sirup ab. »Wie geht es dir und deinen Geschwistern, und wer kümmert sich um euch?« Ihr Gesichtsausdruck blieb fröhlich, was sich im Inneren abspielte, konnte ich nicht erkennen. Mir kam wieder das Tanzen in den Sinn. Diese perfekte Zweiteilung von Innerem und Äußerem, von Oben und Unten, die nichts miteinander zu tun zu haben schienen und doch zum selben Menschen gehörten. »Papa kümmert sich und Granny,

die wohnt eh um die Ecke. Und außerdem«, sie reckte sich, »bin ich ja auch noch da.« Ich lächelte sie an. »Stimmt, da hast du recht. Aber du mußt dich ja auch um die Schule kümmern.« Kerry verzog das Gesicht. »Du hast doch nächstes Jahr das erste wichtige Examen, oder?« Sie nickte.
»Und wie steht's?«
»Geht so.«
»Und was sind deine Lieblingsfächer?« Es tat mir gut, nicht an John denken zu müssen. »Englisch und Deutsch.«
»Deutsch?« Ich schmunzelte. Fremdsprachen sind bei den irischen Kindern sehr beliebt, besonders Deutsch und Französisch. Seit die Vereinigten Staaten und Großbritannien als traditionelle Auswanderungsziele der Iren durch die Rezession in immer größere Ferne gerückt waren, richteten jetzt junge Iren schon früh den Blick auf den europäischen Kontinent. »Und wie steht's mit deinem Irisch?« Wieder verzog sie das Gesicht. »Mutter«, sie stockte einen Moment, »Mutter hat Siobhan und mich wieder zu Ostern in die Gaeltacht geschickt. War lustig, aber der Unterricht war ätzend. Wer spricht das denn schon?«
»Zwanzigtausend Iren«, sagte ich, »doch es werden die letzten sein, wenn ihr es nicht lernt. Wäre doch schade, oder?«
»Hm.« Sie hatte ihren Eisbecher fast geschafft.
»Warst du hier in Südconnemara?« Sie nickte. »Ich habe gehört, ihr hattet ein tolles, lautes Abschiedsfest.« Sie schaute mich einen Moment auf eine Art und Weise an, die mir merkwürdig vorkam. Lag Feindseligkeit in ihrem Blick, oder war es Nervosität oder sogar Angst? Ich merkte, wie sich alles in mir anspannte, wie ich mich aufs äußerste konzentrierte. Ich hatte mich nach dem Mord an Kerrys Mutter immer nur nach dem Zettel und seiner möglichen Bedeutung erkundigt. Ostern und der Irischkurs waren im Gespräch mit Kerry und Siobhan nie ein Thema gewesen, warum auch?
Ich wiederholte meine Frage und beobachtete Kerry dabei genau. »Ja«, nickte sie, »es war schön und lustig.«

»Und laut.«
»Laut?«
»Na ja, ich denke, ihr habt getanzt und gesungen, oder?«
»Ja, ja.«
»Aber?« Ich war mir klar darüber, daß ich das Mädchen in die Ecke drängte, daß ich sie auf nicht ganz faire Weise unter Druck setzte, mir etwas zu erzählen, was sie mir nicht erzählen wollte. Sie sah sich hilflos um. Ein Laster mit Schafsfellen rumpelte vorbei. Mir kam plötzlich eine Idee. Ich beugte mich zu ihr rüber und wagte den Vorstoß. »Du warst gar nicht auf dem Fest, jedenfalls nicht die ganze Zeit, habe ich recht?« Sie nickte verwirrt und kämpfte mit den Tränen. Ich legte beruhigend den Arm um sie. Ich hatte Gewissensbisse, aber es ging nicht anders. »Du hattest dort einen Jungen kennengelernt und bist mit ihm spazierengegangen.« Sie nickte fast unmerklich. Ich versicherte ihr, daß ihr Geheimnis bei mir sicher sei. Einen Moment lang schien sie erleichtert. Ich wagte einen weiteren Vorstoß ins Ungewisse. »Ihr kamt bei eurem Spaziergang in der Nähe der Kirche vorbei, hab' ich recht?« Keine Reaktion von Kerry. Sie schien den Atem anzuhalten.
»Hab' ich recht?« Sie nickte. Kein weiteres Wort kam aus ihr heraus. »Aber du, ihr beide, ihr habt etwas bei der Kirche gesehen?« Nun schüttelte sie heftig den Kopf. »Nein!«
»Nein?« Ich hörte mich ungläubig an. »Wirklich nicht! Wir konnten gar nichts sehen! Es war hinter der Kirchenmauer, und wir waren davor!«
»Und was war hinter der Mauer?« Ich schaute sie unentwegt an. Sie schaute auf die Straße vor uns. »Komische Geräusche. Als ob jemand mit einem Hammer auf etwas schlägt.« Ich atmete tief durch. »Habt ihr auch Stimmen gehört?«
»Ja, aber nur undeutlich. Zwei Männer.«
»Würdest du diese Stimmen wiedererkennen?« Ich zitterte.
Aber Kerry antwortete mir nicht mehr. Sie starrte mit weit aufgerissenen Augen auf den Mann, der nun vor unserem Tisch

stand und den ich nicht hatte kommen sehen. Ich folgte ihrem Blick und drehte mich um. Da stand mein bildschöner schwarzer Engel und wünschte uns nach einer allgemeinen Schweigesekunde einen guten Morgen. Mein Herz krampfte sich zusammen. Ich bekam plötzlich eine Gänsehaut.

Jeremy Gallagher ging im Pfarrhaus seine Papiere durch. Es war früher Nachmittag. Father Keane entschuldigte sich alle fünf Minuten und verließ das Zimmer. Nicht nur er war unruhig. Ich versuchte mich zusammenzunehmen. John und ich hatten in Gegenwart von Kerry lediglich ein paar Belanglosigkeiten ausgetauscht, und dann war er gegangen. Auch Kerry hatte sich schnell verabschiedet, noch bevor ich sie weiter fragen konnte. Dazu wäre ich auch nicht mehr in der Lage gewesen. Johns plötzliches Auftauchen hatte mich in ein heilloses Chaos gestürzt, in dem Gefühle, Vermutungen, Enttäuschung und eigentümlicherweise auch Angst eine gespenstische Mischung eingingen. Zu Hause hatte ich den Einkauf kurz in den Kühlschrank geräumt und, als das Telefon klingelte, nicht abgehoben. Ich selbst machte mich dann zu Father Keane auf den Weg, nicht ahnend, daß sich dort schon Gallagher eingefunden hatte. Der hörte sich aufmerksam die Geschichte, die ich von Kerry erfahren hatte, an und machte sich Notizen. John ließ ich aus. Der Priester sagte keinen Ton dazu, schüttelte nur immer wieder den Kopf. »Was ist, Father?« Es war der Polizist, der diese Frage gestellt hatte. »Daß ich nicht selbst darauf gekommen bin, sie danach zu fragen. Ich wußte doch, daß Siobhan und sie auf dem Kurs waren, als die letzte Sheelagh dort geraubt wurde!«

»Father, Sie sind kein Polizist.« Und ich ergänzte: »Father, Sie sind Priester. Glauben Sie, Kerry hätte Ihnen gegenüber eingestanden, daß sie, während das Fest auf vollen Touren lief, an der Kirchenmauer mit einem Jungen rumknutschte?« Er sah mich an. »Wahrscheinlich nicht«, gab er zu. »Ist es nötig, Jeremy, daß Sie Kerry dazu verhören? Ich hatte ihr Verschwiegenheit zugesichert.« Er überlegte kurz und sagte dann: »Den Jungen können wir im Moment rauslassen, den werde ich nicht erwähnen, aber befragen muß ich sie schon, da führt kein Weg dran vorbei. Es könnte«, er verbesserte sich, »es muß da einen Zusammenhang mit dem Mord an ihrer Mutter geben!« Das Telefon klingelte, und Keane stürzte wieder nach draußen.

»Außerdem muß ich versuchen festzustellen, wieviel das Mädchen genau weiß und was sie nicht weiß. Wenn sie zuviel weiß, wie es offensichtlich bei ihrer Mutter der Fall war, dann ist auch sie in Gefahr.« Ich schluckte. Der Gedanke war mir auch schon gekommen. Der Priester kehrte zurück. »Für Sie, Kommissar, die Kollegen aus Galway.« Gallagher stand auf und ging hinaus.

»Glauben Sie, Father, daß Mary etwas von ihrer Tochter erfahren hat, das schließlich zu ihrem Tod führte?« Keane schüttelte den Kopf. »Das kann ich mir nicht denken, sonst wäre, so schlimm es klingt, dem Mädchen längst etwas passiert und nicht nur der Mutter. Aber es kann sein, daß das Mädchen die Mutter auf eine Idee brachte.«

»Sie meinen, daß Mary etwas anderes wußte als ihre Tochter, die ihr nur ein weiteres Puzzlestück lieferte.« Keane nickte. »Ja, so ähnlich. Und die Mutter zählte zwei und zwei zusammen und begann zu vermuten. Aber was? Was wußte Mary, und was wußte die Tochter nicht? Und wie konnte Mary etwas von ihrer Tochter erfahren, das diese nie, schon gar nicht ihrer Mutter, erzählen würde?« Ich schaute Keane verdutzt an und wußte nicht, was er meinte. »Ich meine, Kerry würde auch nicht ihrer Mutter von der, wie du es nennst, Knutscherei an der Kirchenmauer erzählen, oder?«

»Es sei denn, Mary ist durch etwas anderes darauf gestoßen.« Keane zuckte mit den Schultern. »Und das wäre?« Ich überlegte. »Ich weiß es nicht, aber Schwestern sind Schwestern. Kerry war nicht alleine beim Kurs. Ich glaube, ich knöpfe mir mal Siobhan vor.« Gallagher war wieder zurückgekommen. Er sah verändert aus. Äußerlich ruhig, schien er innerlich in Aufruhr zu sein. Ich war verwundert. Der Mann war in meinen Augen ein abgebrühter – das meine ich nicht böse – und leidenschaftsloser Polizist. »Sie müssen mich entschuldigen. Ich muß sofort zum Hotel zurück. Dort holt mich der Helikopter in fünfzehn Minuten ab.« Wir starrten ihn an. »Er bringt mich nach Inish Mór. Dort ist vor einer halben Stunde eine Leiche angespült worden. Nicht weit von Dun Anghus.«

Die folgenden Stunden waren quälend. Der Priester und ich saßen schweigend zusammen, und seine Haushälterin brachte uns eine Kanne Tee nach der anderen. »Möchtest du etwas Stärkeres, Brandy oder Whiskey?« Ich winkte dankend ab. Lieber gönnte ich mir eine Überdosis irische Frühstücksmischung meiner Lieblingsfirma Bewley's aus Dublin. Mary brachte schließlich einen gemischten Salat mit kaltem Hühnchen. Obwohl es verlockend aussah, knabberte ich nur daran. Ich konnte nichts herunterbringen. Kerry, so ging es mir durch den Kopf, konnte nicht die Leiche sein. Dafür hatte sie heute morgen viel zu lange mit mir am Eis in Clifden geschleckt. Der Mensch – war es eine Frau oder ein Mann? – mußte, wie auch immer, gestern oder in der letzten Nacht den Tod gefunden haben. Daß der Priester entgegen seinem überschäumenden Temperament und seiner Mitteilsamkeit kaum ein Wort über die Lippen brachte, schien mir Ausdruck auch seiner Betroffenheit und Ratlosigkeit zu sein. »Was denken Sie, Father?«
»Ich weiß es nicht, Doris«, kam es zurück. Er hatte probeweise einen Hühnerschenkel in die Hand genommen, den er nur aufmerksam betrachtete. Schließlich legte er ihn, als sei er nach gründlicher Prüfung zur Ansicht gelangt, er sei nicht das, was er suchte, auf den Teller zurück. »Mir geht soviel durch den Kopf im Moment. Und irgendwie ergibt alles für mich keinen

rechten Sinn. Verstehst du, was ich meine?« Ich glaubte schon zu verstehen, was er meinte. Mir ging es ähnlich. Obwohl mich im Gegensatz zum Priester noch zusätzlich zwei Männer beschäftigten, John und Jürgen. Irgend etwas stimmte da nicht, das spürte ich. Aber was konnte ich mir nicht alles einbilden? Ich erzähle mir auch selbst etwas ab und zu – nein, viel zu häufig.

»Was hat Dun Anghus mit Mary McCabe zu tun?« fragte Keane.

»Was haben eine oder mehrere Sheelaghs mit Inish Mór zu tun, wo es bisher nachweislich keine gibt?« Das war mein Beitrag. Ich hatte Keane von meiner Begegnung, dem zufälligen Zusammentreffen mit Sylvias Kollegen, Komplizen, Geliebten Seamus am Doo Lough erzählt. Das heißt, ein Zusammentreffen mit ihm war es eben eher nicht gewesen. Eher ein Zusammentreffen mit meiner Pubbekanntschaft Doble aus Dublin. Das könne doch über die 60 Meilen Luftlinie hinweg eine Verbindung bedeuten, oder? »Nehmen wir mal folgendes an, Father.« Er setzte sich aufrecht und blickte mich erwartungsvoll an. »Sheelaghs verschwinden. In Tipperary, in Connemara, wo auch immer. Jetzt mal egal, wer die klaut, irgendwie muß er oder sie die doch loswerden, hab' ich recht?« Er nickte und griff nun doch nach dem Hühnerbein. Meine Theorien schienen ihn hungrig zu machen. »Archäologen verfügen doch, vermute ich, über Kenntnisse in der internationalen Archäologieszene oder können sich da zumindest leicht erkundigen. Auch über die Schwarzmarktszene, denke ich. Auf Kongressen und Seminaren wird, denke ich mal, wie überall, unter der Hand etwas getuschelt.« Sein zustimmendes Nicken ließ mich meine Gedanken weiterspinnen. »Gesetzt den Fall, jemand klaut, und ein anderer mit den entsprechenden Verbindungen organisiert den Vertrieb?«

»Den Hehler, meinst du.«

»Ja, den Hehler, genau. Und der Profit wird brav geteilt.«

»Hm.« Er klang nicht ganz überzeugt. »Hört sich gut an, Doris, wäre auch eine Erklärung für deinen absichtlich herbeigeführ-

ten Unfall dort und das merkwürdige Verschwinden einiger Ausgrabungsorte, das der Junge bemerkt hat.«
»Denn die verschwinden nicht etwa, weil etwas aus ihnen entwendet wurde oder werden sollte, sondern weil etwas in ihnen eine Zeitlang versteckt werden soll: Sheelaghs! Bis sich alles ein bißchen beruhigt hat.«
Wir hingen nun beide lange dieser Theorie nach, drehten und wendeten sie schweigend in unseren Köpfen. Sie gefiel uns beiden, brachte sie doch endlich zwei Dinge zusammen, die wir vorher nicht zusammenbringen konnten.
»Diese Theorie, die du gerade entwickelt hast, Doris, ist nicht unlogisch und würde Licht auf die Geschehnisse auf Dun Anghus werfen, aber sie funktioniert meines Erachtens nur unter einer Voraussetzung.«
Ich seufzte, die war mir auch schon in den Sinn gekommen. »Sagen Sie es laut, Father, ich glaube, ich weiß, worauf Sie hinauswollen.« Ich schenkte mir noch eine Tasse Tee ein.
»Die Verbindung zwischen Inish Mór und den Archäologen dort und Mary hier erklärt sich nur, wenn die oder der Räuber von hier stammen, oder?«
»Natürlich.«
»Und Mary mußte gewußt oder geahnt haben, wer es war, sonst hätte es keinen Grund gegeben, sie zu ermorden.«
»Richtig.« Father Keane und ich schauten uns an. »Dann sollten wir auch gleich zum eigentlichen Haken an unserer wunderschönen Theorie kommen, Father.«
»Und der wäre?« Ich war selbst sehr enttäuscht gewesen, als ich mich plötzlich daran erinnert hatte. »Der Student dort, Padraig, hatte erzählt, daß die Ausgrabungsorte zwei-, dreimal in den letzten Wochen zugeschüttet worden waren. In den letzten Monaten ist jedoch unseres Wissens nur eine einzige Sheelagh geraubt worden.«
»Stimmt.« Er klang traurig. »Trotzdem, Doris, irgend etwas ist dran an unserer Idee, das habe ich im Gefühl.« Ich lächelte ihn

an. »Oder glauben Sie einfach nur gerne, Father, das, was Ihnen angenehm ist?« Er lächelte zurück.

Am Abend, ich war nach Hause gefahren, da wir nichts aus Inish Mór gehört hatten, rief Gallagher bei mir an. Der Tote war der junge Padraig gewesen. Ich hatte es fast befürchtet. Zumindest kam es nicht überraschend. Er mußte die Felsen am Dun Anghus heruntergestürzt sein. Man hatte ihn am Abend zuvor schon vermißt, als er nach seiner normalen Arbeitszeit nicht nach Hause zurückgekehrt war. Seine Mutter, Leute aus dem Dorf und die beiden Archäologen hatten den Ausgrabungsort nach ihm abgesucht, bis es spät dunkel wurde, und nichts gefunden außer seinem Rucksack mit der Thermosflasche und den Broten, die er noch nicht gegessen hatte. Ob er gestoßen wurde oder unglücklicherweise hinuntergefallen war, konnte die Polizei oben am Tatort nicht mehr feststellen. Da war von Hunderten von Füßen, die am Abend zuvor nach ihm gesucht hatten, alles, was der Spurensuche hätte dienlich sein können, niedergetrampelt worden. Seine Leiche war jetzt der polizeilichen Obduktion übergeben worden, aber wenn keine Spuren eines Kampfes an seinem Körper gefunden würden, hätte die See alle anderen möglichen Anhaltspunkte an seiner Kleidung fortgespült. Gallagher hatte beide Archäologen über Stunden verhört, sie aber mangels irgendeines Beweises im Moment auf freien Fuß setzen müssen. Die Mutter des Jungen, Maeve, war zur Zeit nicht ansprechbar.

Ich war niedergeschlagen und schenkte mir ein Glas Wein ein, bevor ich mich auf mein Sofa setzte und auf den Fjord hinausschaute. Etwas allein tröstete mich an Gallaghers Schilderung der Ereignisse. Wenn Padraig schon am gestrigen Nachmittag oder frühen Abend verschwunden war und nicht erst in der Nacht, konnte ein Mensch damit nichts zu tun haben, denn der lag zu dem Zeitpunkt weit entfernt vom Dun Anghus auf halber Höhe eines Berges in meinen Armen. Warum tröstete mich dieser Gedanke? Ich sprach an diesem Abend zum erstenmal vor mir aus, was ich bis dahin vor mir zu vertuschen versucht hatte. Ich hatte Angst, daß John etwas mit den Ereignissen der letzten Wochen zu tun haben könnte. Auf unkontrollierbare Weise fühlte ich mich zu ihm hingezogen, und gleichzeitig hatte ich Angst vor ihm. Vor etwas in ihm. Was ich nicht kannte, noch nicht kannte. Und auch nicht kennenlernen wollte. Oben und unten. Bauch und Kopf. Herz und Verstand. Innen und außen. Tanzen. Tanzen. Tanzen in Tully. Ich heulte stundenlang.

Als am nächsten Morgen unirisch früh um halb neun das Telefon schellte, nahm ich ab. Es war Jürgen. Er klang fröhlich wie immer und lud mich zum Lunch bei sich und John zu Hause ein. Er merkte, daß ich eine Sekunde lang zögerte. »John ist unterwegs, wir sind sozusagen unter uns. Ich möchte dich gern alleine sprechen.« Damit hatte er meine Frage schon beantwortet. Wer lange genug an der Westküste lebt, hatte offenbar noch gute Chancen, sich irische Telepathie anzueignen. »Gut, ich komme gegen eins, in Ordnung?«
»Wunderbar!« Wieder jemand, der mir etwas erzählen will. Dachte ich unter der Dusche. Ich war gespannt. Doch zunächst sollte mir an diesem Morgen Siobhan etwas erzählen, wovon sie allerdings jetzt noch nichts wußte. Ich hatte vor, in der großen Pause bei ihr in der Schule aufzutauchen. Da Kerry als ältere schon eine andere Schule besuchte, war das die einzige Möglichkeit, die jüngere Schwester alleine zu erwischen. Komischerweise registrierte ich trotz des traurigen Fundes der Leiche Padraigs am gestrigen Abend, daß meine Stimmung exzellent war an dem Morgen. Vielleicht hatte das lange nächtliche Weinen geholfen, eine aufgestaute Spannung in mir zu lösen. Vielleicht war es auch der strahlend blaue Himmel, der sich hier an der Nordwestküste nun schon den dritten Tag hintereinander zeig-

te. Ich zog mir ein kurzes knallgelbes T-Shirtkleid an. Warum ich es überhaupt in Deutschland eingesteckt hatte, war mir schleierhaft. Normalerweise gab es für so etwas hier keine Verwendungsmöglichkeit. Aber ist es nicht oft so im Leben, ich entdecke es immer wieder, daß man Dinge tut, die zu dem Zeitpunkt, wenn man sie tut, völlig widersinnig, überflüssig oder absurd erscheinen und die dann viel später durch unvorhersehbare Entwicklungen oder Umstände genau diesen ursprünglichen Fehlgriff rechtfertigen, ja, man wäre ohne die absurde Handlung von vorher nun rettungslos verloren? Ich staune immer wieder über dieses Phänomen. Das gelbe Minikleid, das ich mir nun überstreifte, gehörte genau in diese Kategorie, wenn auch von der harmloseren Sorte, es konnte viel dramatischere Überraschungen geben!
Auf dem Schulhof suchte ich nach Siobhan und entdeckte sie in einer Gruppe mit ihren Freundinnen. Ich winkte ihr zu, und sie kam zu mir gerannt. »Ist was?«
»Hast du ein paar Minuten Zeit für mich?« Sie nickte begeistert. »Du hast ein tolles Kleid an, genau richtig für das Wetter.«
»Hm.« Ich guckte an mir herunter. »Ich bin noch ein bißchen blaß für soviel Gelb, aber was soll's.«
»Wir Iren sind alle blaß, da fällst du gar nicht auf.« Wir lachten. Der Krach auf dem Schulhof war unbeschreiblich.
»Sag mal, Siobhan. Du und Kerry, ihr wart doch Ostern zusammen auf dem Irischkurs in der Gaeltacht, stimmt's?«
»Ja! Da müssen wir immer hin, ist aber auch gut da, die Stimmung ist immer Spitze!« Sie schien keinerlei trübe oder bedrükkende Erinnerungen daran zu haben. Sie lachte über das ganze sommersprossige Gesicht.
»Und danach, ich meine in den Wochen danach, hattest du da mit Kerry mal einen großen Krach?« Sie strahlte mich immer noch an. »Wir haben jeden Tag große Kräche, mindestens zwei, meist aber mehr.«

»Klar, hatte ich auch immer mit meiner Schwester. Aber ich meine, hattest du mal so eine richtige Wut auf sie, so daß du etwas tatest, was dir hinterher richtig leid tat?«
»Nö.«
»Nö?«
»Das heißt …«, sie schien nach wie vor von keinem schlechten Gewissen geplagt zu sein. »Meinst du, daß ich gepetzt habe?«
Ich nickte erleichtert. »Ach das. Das war aber nicht so schlimm. Nicht so schlimm, wie ich es Kerry gewünscht hätte, meine ich.«
»Du hast sie bei eurer Mutter angeschwärzt?« Nun nickte sie.
»Ich dachte, Mum wäre wütend auf sie, wenn sie erführe, daß sie mit einem Jungen rumgemacht hat.«
»Am letzten Abend, während der Abschiedsfeier?«
»Nicht nur da, schon früher. Aber auch während der Feier.«
»Bist du auch mal weggegangen von der Feier?«
»Nö, dafür war es viel zu spannend. Ich fand nämlich auch einen Jungen da ganz niedlich.«
»Niedlich?«
Sie nickte wieder begeistert. »Da brauchte ich den ganzen Abend dazu, ihn zum Tanzen zu kriegen. Jungens tanzen nämlich nicht gern.«
»Ich weiß, Siobhan, ich weiß. Das war schon immer so.«
»Aber ich hab' trotzdem genau mitgekriegt, daß Kerry weg war mit ihm und auch daß sie wieder mit ihm auftauchte.«
»Weißt du noch, wann das war?«
»Nö.«
»Nö?«
»Nö. Aber Mum war gar nicht so wütend, wie ich dachte. Sie hat nur gelächelt und gesagt, sie würde mit Kerry mal drüber reden.«
»Und hat sie das dann auch getan?« Die Schulglocke schellte. Ein letztes Schreien und Toben, bevor es wieder sittsam und ruhig in den Klassenzimmern zugehen würde. Das hatte ich mehrmals in irischen Schulen miterlebt und war baß erstaunt gewe-

sen. Wie zu meiner eigenen Schulzeit. Siobhan drehte sich zu den anderen Kindern um.
»Ja, hat sie. Kerry war ein bißchen sauer auf mich, weil ich gepetzt hatte, aber sie sagte auch: ›Ätsch, wenn du gedacht hast, Mum ist jetzt wütend auf mich, hast du dir in den Finger geschnitten.‹ Ich muß wieder rein, Bye!«
»Sonst hat sie nichts gesagt?«
»Sie sagte noch, Mama hat sich gar nicht für den Jungen interessiert, weil sie das früher auch so gemacht hat. Bye.« Sie rannte zurück in die Schule.

Der Himmel aus lila Blüten hatte sich in einen düsteren, dunkelgrünen Tunnel verwandelt, als ich auf das Adventure Centre zuging. Und obwohl die Sonne hoch am Himmel stand, drang sie nicht bis hierhin durch. Auf meinen nackten Armen bildete sich eine Gänsehaut. Ich lief durch den Garten auf das Haus zu, und obwohl ich es das letzte Mal, als ich hier war, bei grauem Wetter gesehen hatte, schien es mir diesmal abweisender, ja, fast unheimlich. Jürgen lehnte wieder an der Tür und lachte mich an.
»Der Sonnenschein ist da!« rief er mir zu, als ich vor ihm stehenblieb. »Ja, und jetzt schon den dritten Tag.«
»Ich meinte eigentlich dich im sonnengelben Kleid.« Ich lächelte ihn an und streckte ihm die Hand hin. Er drückte sie fest, umarmte mich jedoch danach und hauchte mir einen Kuß auf die Wange. Ich ließ es geschehen.
»Oh, das riecht aber gut.« Kurz darauf waren wir in die Küche getreten. Er hatte Spaghetti mit frischen kleinen Langusten gekocht. Es duftete hinreißend. »Und warum ist John zu einem solchen Mahl nicht da?« Er schaute mich durchdringend an. »Ganz einfach, weil er nicht weiß, daß ich es koche. Für uns.« Mir begann die Situation unangenehm zu werden. Ich setzte mich und fragte, ob ich rauchen dürfte. »Natürlich, ich hole dir

einen Aschenbecher. Ich habe dich noch nie rauchen sehen«, rief er von der Spüle aus.
»Das ist bei mir auch recht selten«, murmelte ich. Er stellte mir den Aschenbecher hin.
»Was möchtest du trinken?«
»Wasser, bitte.«
Schweigend verzehrten wir die Nudeln. Sie schmeckten wirklich wundervoll, nur konnte ich sie nicht genießen. Etwas war mir auf den Magen geschlagen.
Nach dem Essen zündete ich mir sofort die nächste an.
»Kaffee?« Ich nickte und zog den Rauch ein.
»Was wolltest du mir sagen, Jürgen?« Lieber so, als noch lange herumsitzen. Ich wollte hier weg.
»Ich möchte nicht, daß du mich falsch verstehst«, er hatte sich wieder mir gegenüber gesetzt, nachdem er den Kessel auf den Herd gestellt hatte. »Aber«, warf ich nun ein. Er machte eine Pause. »Was ich meine, ist, daß du vielleicht glauben könntest, was ich dir sagen will, sage ich nur, weil ich zum Beispiel eifersüchtig sein könnte.«
Ich unterbrach ihn nicht, sondern versuchte, ihm offen ins Gesicht zu schauen. Seine Augen waren hell, sein Gesichtsausdruck ernst und vertrauenerweckend. »Ich weiß nicht, was zwischen dir und John ist, ob etwas zwischen euch ist …«
Er beobachtete mich, auf eine Reaktion wartend. Ich sagte nichts. »John ist mein bester Freund, schon seit vielen Jahren. Wir kennen uns gut, sehr gut. Er ist der liebste und sanfteste Mann, den man sich vorstellen kann.« Ich empfand die Situation als unerträglich und konnte nicht mehr an mich halten. »So, und wo ist sein Pferdefuß? Den hat er ja wohl deiner Meinung nach, oder?« Ich war eine Spur heftig geworden und drückte wütend die Zigarette aus.
Jürgen lachte leise. »Pferdefuß ist gut. Frauen, Doris. Er macht sie einfach, sagen wir mal, nicht glücklich. Weil er selbst nicht glücklich ist.«

»Und du schon?« Ich war aufgestanden und suchte nach meiner Tasche.
»Ich stehe hier gar nicht zur Debatte, denke ich. Ich habe dir das nicht aus Eigennutz gesagt, sondern als guter Freund. Von Landsmann zu Landsfrau sozusagen. Weil ich sehe, was passiert, Gott behüte, er ist wirklich kein Don Juan, aber weil ich halt über die Jahre immer wieder erlebt habe, wie es den Frauen dabei ging. Den Frauen, die ihn verließen oder die er verließ.«
Ich hatte die Tasche gefunden und war wieder einen Schritt auf ihn zugetreten. »Jürgen Federking, der uneigennützige Freund der Frauen. Danke. Es war sehr lecker. Bis demnächst!« Ich war schon fast an der Tür, als er meinen Name rief. Seine Stimme klang halb erstickt.
»Doris, ich wollte dich nur warnen, nicht mehr, nicht weniger.«
Ich rannte den Gartenweg entlang und sah nichts mehr. Am Centre vorbei, stürzte ich mich in den grünen Tunnel. Meinen Wagen hatte ich davor geparkt. Als ich am Ende des Tunnels meinen Fiat erblickte, stand John am Auto. Wie angewurzelt blieb ich stehen. Er kam langsam auf mich zu und schaute mich fragend an. Als er bei mir war, legte er seine Arme um mich. Ich weiß nicht, wie lange wir so standen, ohne uns zu bewegen und ohne zu reden. Die Wärme seines Körpers durchströmte meinen, und irgendwann hörte ich auf zu frieren.

Vorsichtig hatte er den Kopf eingezogen, als er den Raum betrat und dann die Tür hinter sich schloß. Er wartete einige Augenblicke, bis sich seine Augen an die Dunkelheit gewöhnt hatten. Die modrig kalte Luft umhüllte ihn, doch fühlte er die Feuchtigkeit und Kälte nicht. Aus der Tasche, die er mitgebracht hatte, zog er eine Kerze heraus und zündete sie umständlich an. Immer wieder verlöschte das Streichholz, bevor er die lange, dicke, weiße Kerze zum Scheinen bringen konnte. Sein Blick suchte den Fußboden ab. Da war der Betstuhl mit dem

Kissen, auf das er sich kniete. »Heilige Bridget.« Der Stein, auf dessen Figur er seine Aufmerksamkeit konzentrierte, war siebzig Zentimeter hoch und fünfzig Zentimeter breit. Die Augenbrauen der Figur vor ihm waren grimmig zusammengezogen, doch ihre Augen blickten ihn starr an. Kerbungen an den Seiten ihres Gesichts schienen Tätowierungen darzustellen. Er lächelte sie glücklich an. »Heilige dieser Insel«, murmelte er. Ihre Brüste waren nur angedeutet. Die rechte Brust lag tief unter der linken. Ihre Beine waren gespreizt, und die sanfte Rundung im Stein, die den Venushügel wiedergab, war nur angedeutet.
Sein Kopf war auf seine Brust gesunken, und er hielt immer noch die Kerze in der rechten Hand. Nun murmelte er etwas. Es hörte sich an wie eine Litanei in einer versunkenen Sprache. Seine Worte waren undeutlich. Wurden immer undeutlicher. Er hielt die Augen geschlossen und schien alles um sich herum vergessen zu haben. Er diente. Jawohl, so würde er das, was er jetzt empfand, beschreiben. Er diente.

Liam hatte sich vergewissert, daß niemand außer ihm im Lehrerzimmer war. Die Kolleginnen und Kollegen waren alle zum Mittagessen gegangen, gleichzeitig mit den Schülern, wenn auch in einen anderen Teil der Schulkantine. Er zog das Handy aus seiner Aktentasche und begann konzentriert eine Nummer zu wählen. Sein Blick fiel auf die große Weltkarte, die neben der Tür hing. Auf ihr trugen alle Lehrer drei Jahre, nachdem ihre Abschlußklassen die Schule verlassen hatten, die Aufenthaltsorte ihrer ehemaligen Schüler mit bunten Stecknadeln ein. Um London, Liverpool und Birmingham herum war es farbig. Die traditionellen Auswanderungsorte auf der britischen Insel. Obwohl sie heute kaum noch Beschäftigungsmöglichkeiten für junge Iren boten, stellten sie oftmals jedoch noch eine erste Anlaufstelle für sie dar. Die großen irischen Gemeinden, die seit dem letzten Jahrhundert dort gewachsen waren, waren bis in diese

Tage weitgehend unter sich geblieben. Oft mißtrauisch von den anglikanischen Nachbarn beäugt und gemieden. Aus allen zweiunddreißig Grafschaften der Republik und Nordirlands lebten hier Großtanten und Vettern vierten Grades, die zumindest eine Klappliege für die Neuankömmlinge in der Küche aufstellten, bis diese weiterzogen auf der Suche nach Arbeit. Der Zusammenhalt irischer Familien über Generationen hinweg war mehr als nur sprichwörtlich. Das Wort »Großfamilie« setzten überhebliche Briten gerne mit »Verbot von Verhütungsmitteln« und »papistischer Kontrolle« gleich. Stockkatholisch eben.
»Ich bin es.« Liam sprach leise und deutlich. »Ja, das habe ich heute gelesen. Das war eine große Dummheit, und um den Jungen tut es mir leid.« Sein Blick wanderte auf das europäische Festland. Farbige Stecknadelköpfe auf Paris. Hauptstadt der Sinne, des schönen Lebens, der Liebe, Wein, Brot und Käse. Katholizismus mit Weltläufigkeit gepaart. In den Köpfen der jungen Iren stehen Paris und Frankreich als Wunschziel ganz oben. Hier leben und arbeiten zu können, das wäre ein zu verschmerzender Tausch mit der Grafschaft Mayo. War es doch schon für James Joyce der Traumort gewesen. Und der mußte es wissen.
»Irlandais?« hörten sie immer wieder. »Das liegt doch irgendwo in England«, verlorene Identität.
»Ist das wirklich nötig? So schnell?« Er kratzte sich am Ohr. Frankfurt, Köln, Berlin. Deutschland. Stecknadeln. Harte Arbeit, aber besseres Geld als woanders trotz der Billiglöhne. Und keine Diskriminierung als Ire. Die Deutschen mögen die Iren. Grüne Insel, ja, ja, Lachs und Kerrygold Butter. Regnet's denn nicht so viele Bomben? Ha! Ha! Zusammengepfercht in Baracken auf den Baustellen, dem traditionellen »Handwerk« der irischen Auswanderer. Doch die Mädels kriegen Hoteljobs oder arbeiten als Au-pair-Mädchen. Wegen des Englischs und ihrer schönen roten Haare.
»Übermorgen nacht? Muß das sein? Ist es nicht besser, ein wenig Gras darüber wachsen zu lassen?«

Sein Blick wanderte auf die andere Seite des Atlantiks. New York, Boston, Kanada. Für Iren gibt es immer noch mehr Green Cards, Aufenthaltsgenehmigungen, in den Staaten als für andere Einwanderer. Dafür sorgen schon die einflußreichen alteingesessenen irischen Familien in Politik und Wirtschaft. Nicht nur die Kennedys oder Reagans.
Doch Arbeit macht sich auch dort seit langem rar. Selbst für die, die schon da sind, ist es noch zu wenig. Go back home, Paddy. Geh zurück, wir teilen das bißchen unter uns auf.
»Du meinst, der Dubliner hat jetzt endlich auf den Aran-Inseln was zu tun und zu suchen. Der sei dort gut beschäftigt?«
Australien. Down Under, Kopfstand am anderen Ende der Welt. Endloses Sparen, um hinzukommen, und ob man zurückkommt, bleibt ungewiß. Das war doch mal eine Strafkolonie, oder?
»Ich habe sie nur kurz im Pub kennengelernt. Ich bin mir nicht sicher, ja, nicht aus den Augen lassen.«
Die Schulglocke kündigte das Ende der Mittagspause an. Stimmengewirr erhob sich. Liam rutschte vom Tisch, auf den er sich gesetzt hatte. »Ich muß jetzt Schluß machen. Also gut. Ich komme. Übermorgen nacht.«

Auf die Einladung von Gallagher zum Essen am Abend in seinem Hotel freute ich mich richtig. Mir war es an dem Nachmittag nicht gut gegangen. John und ich hatten nicht miteinander geredet, ich hatte gemerkt, daß ich allein sein wollte. Ich war zurück nach Leenane gefahren und ließ das Auto unterhalb des Western Way stehen.
Im Kofferraum bewahre ich in Irland immer meine Grundausstattung zum Wandern auf, für den Fall, daß es mich spontan überfällt. Heute war es zwar immer noch sehr warm, doch ich streifte mir die Leggins über, band mir den dickeren Pullover um die Hüften, schnürte die Wanderschuhe und packte Anorak, Mütze, eine Flasche Wasser und zwei Äpfel in meinen Rucksack

und marschierte los. Nach ungefähr drei Kilometern ist man oberhalb des Fjord Killary Harbour, genau an der Biegung mit offenem Blick zum Meer. Auf der gegenüberliegenden Seite war die Kuppe des Mweelrea trotz des strahlend blauen Himmels von drei Wolken umhüllt. Ich setzte mich auf die Steine und fühlte mich einsam und ratlos.

Jürgens Worte gingen mir nicht aus dem Kopf, so sehr ich mich auch anstrengte. Wären sie nicht auf etwas getroffen, das tief in mir selbst dämmerte und kuschte, hätte ich sie ohne einen weiteren Gedanken vergessen können. Als häßlichen Versuch eines erfolglosen Mitbuhlers um die Gunst einer Dame. Aber so lagen die Dinge nicht. So war es leider nicht. Unten im Killary Harbour schlängelte sich eine Staffel Kanufahrer einer hinter dem anderen über die gesamte Breite des Fjords. Kursteilnehmer des JJ Adventure Centre. Ich hatte es selbst einmal vor zwei Jahren versucht und hatte in kürzester Zeit mehrmals im Fjord gelegen. Die Balance auf dem schmalen Kiel des Bootes zu halten, überstieg eindeutig meine Fähigkeiten. Balance zu halten, so scheint es mir häufig, ist in keiner Weise und in keinem Element meine Stärke. Auch nicht in meinen Artikeln über theologische Angelegenheiten. Oft greift man mich dafür an. Und bei John hatte ich offensichtlich gefährliche Gleichgewichtsstörungen. Ich merkte, daß ich schlingerte. Es gab etwas in ihm, was mir von Grund auf fremd war. Nicht im Sinne von fremdartig, das hätte ich unter exotisch einreihen können, und es wäre spannend geblieben. Ich hätte zu dem Zeitpunkt diese Fremde nicht benennen oder enger fassen können. Doch es lag unter der Oberfläche des schüchternen, unsicher wirkenden Mannes, der immer sanft und hilfsbereit erschien. Als wir uns auf dem Berg geliebt hatten, war es mir, als sei ich sekundenweise unter seine obere Fläche getaucht, von ihm mit hinabgerissen worden in Sphären, die mir an mir bisher unbekannt gewesen waren. Wir waren beide sekundenweise miteinander ohnmächtig gewesen, ja, so schien es mir, besinnungslos. Im

nachhinein empfand ich, als seien wir bei aller zärtlichen Wildheit und Leidenschaft, die uns miteinander verband, kurz davor gewesen, Blut zu vergießen. Auf beiden Seiten. Die Erinnerung daran war nicht erregend, sondern beängstigend.
Als ich später, frisch geduscht und statt mit schweren Wanderstiefeln in schwarzen Pumps die Bar des Renvyle House Hotels betrat, hatte ich diese Gedanken wieder weit weggeschoben. Gallagher trat auf mich zu und fragte, was ich trinken wolle. Die Bar war belebt an diesem Abend, Kinder rannten aufgeregt rein und raus, eine ältere Frau klimperte irische Evergreens auf dem Klavier. Gallagher war sehr elegant gekleidet. Dunkelgrünes Jackett über weich fallender mokkabrauner Cordhose. Gestreiftes Hemd. Ein gutaussehender Mann. Mit Brille. Er kehrte mit einem Sherry und einem Tonicwasser ohne Gin für sich zurück. Wir stellten uns an die Theke und warfen einen Blick auf das Tagesmenü. Der Steinbutt in Senfsahnesauce gefiel mir. Der Polizist wählte eine Hähnchenbrust mit grünem Spargel und Pilzen. Im Speisesaal wurde ebenfalls musiziert. Der junge Mann intonierte »Donny Boy«, vermutlich sein Ferienjob in den Semesterferien. Gallagher rückte meinen Stuhl zurecht und nahm mir gegenüber Platz. Unmittelbar darauf kamen die Brötchen, die die Kellnerin mit weißem Häubchen und Schürzchen im Körbchen servierte. Dann die Hummersuppe.
»Die Obduktion des Leichnams ergab keinerlei Anhaltspunkte für Fremdeinwirkung.« Bei Suppen verbrenne ich mir fast immer die Zunge. Es tat weh. »Wir haben die beiden mehrmals verhört, doch erfährt man dabei nichts Neues. Er ist schweigsam bis verstockt, sie hilfsbereit, zugänglich, gesprächig. Sie haben sie ja selbst kennengelernt.« Gallagher gehört zu den Menschen, die sich nicht den Mund verbrennen. Vorsichtig blies er jeden Löffel, den er nahm, auf eine annehmbare Temperatur herunter.
»Sie hätten in der Tat in der Vergangenheit mehrfach vorhandene Ausgrabungsorte wieder zugeschüttet oder verschlossen,

weil sie entweder unergiebig oder zu dem Zeitpunkt schlecht auswertbar gewesen waren. Oder weil sich anderes als vorrangiger herausgestellt hätte. So etwas sei Alltag bei Ausgrabungen, und ein Außenstehender wie Padraig hätte sich schon darüber wundern können. Selbstverständlich prüfen wir diese Informationen nach.« Mit Wein und Brot versuchte ich, so gut es ging, die wunde Zunge zu ›bandagieren‹.

»Und was ist mit diesen zugeschütteten Fundorten, werden die überprüft?« Er blickte mich an. »Das genau ist der schwierige Punkt. Da oben ist in den letzten Jahren und Monaten viel herumgebuddelt worden. Die beiden können uns im Grunde ziemlich x-beliebige Stellen nennen, und ich persönlich zweifle auch nicht daran, daß sie es tun werden.«

»Sie sind also doch der Meinung, daß die beiden ein Verbrechen vertuschen.« Wieder schaute er mich lange an, bevor er antwortete. »Ich bin nicht befugt, und verstehen Sie mich bitte nicht falsch, Einzelheiten der Ermittlung an Außenstehende weiterzugeben, auch wenn es sich, wie in Ihrem Fall, um vertrauenswürdige Personen handelt.« Ich nickte dankend.

»Aber wir würden doch da oben gerne das eine oder andere überprüfen lassen, und das würde bedeuten, daß Experten das gesamte Ausgrabungsgebiet untersuchen müßten. Dafür wieder brauchten wir die Einwilligung des Ministeriums für Kultur. Die ist jetzt beantragt worden, wir hoffen auch auf eine schnelle Erlaubnis. Was die Sache dabei jedoch erschwert, ist, daß sich bis auf Gerüchte und kleine Unregelmäßigkeiten wie Ihren Unfall nichts Irreguläres dort nachweisen läßt. Selbst die Sache mit Padraig kann ein Unfall gewesen sein. Allerdings haben wir jetzt die Mutter vernehmen können, und die schwört bei der Mutter Gottes und der heiligen Bridget, daß ihr Sohn am Tag des Unfalls mit geheimnistuerischer Miene viel früher als sonst zum Dun Anghus geradelt sei.«

»Und so vielleicht etwas beobachtete, was er sonst nicht gesehen hätte.« Der Hauptgang wurde serviert.

»Vielleicht.« Gallagher zuckte mit den Schultern.
»Vielleicht auch nicht. Wir werden sehen. Aber im Mordfall McCabe sind wir keinen Deut weiter.« Über Hühnerbrust und Steinbuttfilet erzählte ich ihm von Siobhans fehlgeschlagenem Racheakt an ihrer Schwester. Mit dem Wein hielt ich mich zurück. Schließlich würde mich ein Polizist zum Auto begleiten. Der selbst nie trank.

Das mit dem Wein holte ich nach, als ich bei mir zu Hause war. Von meinem Vorrat war nicht mehr viel übriggeblieben, stellte ich fest. In einem Karton neben den Gummistiefeln entdeckte ich jedoch zu meinem Entzücken noch mehrere Flaschen badischen Ruländers. Ich entkorkte eine davon und zog mich mit ihr und einem Glas auf mein Sofa zurück. Es war gegen Mitternacht, und jetzt, gegen Ende Juni, wurde es um diese Zeit langsam richtig dunkel. Der Wein, den man aus grauen Trauben preßt, leuchtete fast golden, als ich das Glas gegen die Kerzen hielt. Ich nahm einen großen Schluck, ließ ihn erst im Mund herumwandern und schluckte dann. Er schmeckte annehmbar. Nach dem Gespräch mit Gallagher von heute abend überlegte ich mir, ob ich in den nächsten Tagen noch mal nach Inish Mór fahren sollte. Die Schlinge über Hals und Arm hatte ich längst abgelegt, und ich war der Meinung, daß es durchaus möglich sein könnte, Sylvia und ihrem Seamus noch mal einen kleinen Freundschaftsbesuch abzustatten.
Gähnen überfiel mich, aber ich verspürte noch keine Lust, mein Bett aufzusuchen. Draußen herrschte absolute Stille. Das Glas war leer, und ich schenkte mir nach. Ich beobachtete mich dabei, wie ich nachschenkte, und ließ es einfach geschehen. Auch die Zigaretten, die ich dazu rauchte, ließ ich geschehen. Ein Gefühl der Leere war in mir, es wäre sicher besser gewesen, ich hätte es geschafft, meine liegende Position auf dem Sofa mit einer in meinem Bett zu vertauschen. Gerade als ich festent-

schlossen Anlauf dazu genommen hatte, hörte ich, wie ein Wagen vorne an der Straße zu meinem Haus hielt. Ich schaute auf die Uhr. Zwanzig vor zwei. Das eiserne Gartentor quietschte leicht in den Angeln, und ich saß mit einem Ruck kerzengerade. Die Haustür hatte ich abgeschlossen, die Vorhänge zum Wohnzimmer, in dem Licht brannte, zugezogen. Mir war mulmig zumute. So spät war noch nie jemand vorbeigekommen. Sollte ich zum Telefon greifen und meine Nachbarn anrufen, die hundert Meter weiter wohnten und sicherlich tief und fest schliefen? Es klopfte, und ich merkte, daß ich bei dem Geräusch zusammenzuckte. Dann hielt ich den Atem an und wartete angespannt. Es klopfte wieder. Langsam erhob ich mich und ging in den Flur. »Wer ist da?« erkundigte ich mich und merkte, daß ich zitterte. »John. Kann ich reinkommen?« Ich schluckte und öffnete ihm die Haustür. Ich zitterte immer noch.

Seine dunklen Haare hingen ihm ins Gesicht, und er war wie fast immer unrasiert. Abwartend schaute er mich an und blieb zunächst auf der Treppe stehen. Mit der Hand bedeutete ich ihm hereinzukommen. Während ich hinter ihm wieder abschloß, wußte ich, daß ich zuviel Alkohol getrunken hatte, und ich ärgerte mich darüber. Jetzt, gerade jetzt, hätte ich im Kopf vollkommen klar sein müssen. Ich versuchte, als ich ihm ins Wohnzimmer folgte, mir nichts anmerken zu lassen, und konzentrierte mich darauf, aufrechten, festen Schrittes zu gehen. Doch er bemerkte gar nichts vom Sofa aus, auf das er sich gesetzt hatte, als ich ins Zimmer kam.

Dann entschuldigte er sich dafür, daß er noch so spät vorbeigekommen sei. Ich hatte mich neben ihn gesetzt, sagte nichts und wartete ab. Mir war hundeelend zumute, und es wäre mir am liebsten gewesen, er wäre aufgestanden und gegangen. »Soll ich lieber gehen?« Noch immer hatte er mich nicht angeschaut, sondern sich jetzt mit vor der Brust verschränkten Armen nach hinten gelehnt. Sein Blick war auf das Aquarell vom Mweelrea, das gegenüber über dem Kamin hing, gerichtet. »Jetzt bist du hier, und ich möchte gerne wissen warum«, sagte ich. Was wollte er? Mit mir reden? Mit mir schlafen? Mit mir schweigen? Ich bot ihm ein Glas Wein an, dann einen Tee. Beides lehnte er ab. Statt dessen machte ich mir einen Espresso. In der Küche registrierte ich Hilflosigkeit und aufsteigende Wut in mir. Mein Herz, mein Körper wollten sich zu ihm neigen, ihn umarmen, liebkosen, seinen Hals küssen, sein Gesicht, seinen Mund, seinen Körper mit Küssen bedecken. Mein Kopf, mein noch vor zehn Minuten benebelter Verstand, der jetzt wieder klarer zu funktionieren schien, wollte ihn ganz einfach rausschmeißen. Der Schnitt ging mitten durch mich hindurch und zerriß mich. Ich versuchte, die Lähmung in äußere Gelassenheit zu kleiden, rutschte wieder auf das Sofa neben ihn und schwieg eine Zeitlang. Nichts passierte. »John, ich bin müde, was willst du?« Da nahm er meine Hand. Hielt sie einfach. Streichelte sie nicht, hielt sie fest. »Ich habe Angst«, sagte er irgendwann sehr leise. »Angst, wovor?« Es kam keine Antwort. Als ich ihn kurz darauf von der Seite anschaute, waren sein Wangen schon naß von Tränen, die ihm über das Gesicht liefen. Bis jetzt hatte in meinem Leben nur ein einziges Mal ein Mann vor mir geweint. Sein Griff um meine Hand wurde fester, ohne mir weh zu tun. Wir rührten uns beide nicht. Wie lange wir so saßen, weiß ich nicht mehr. Irgendwann schliefen wir erschöpft auf dem Sofa ein.

»Warum haben die Bewohner der Inseln hier vor der Küste Mayos während der großen Hungersnot besser überlebt als die auf dem Festland?« Father Keane und ich waren beim Steinkreuz im Delphital angekommen, das an die Opfer der Katastrophe am Doo Lough vor hundertfünfzig Jahren erinnerte.
»Weil sie eher Zugang zum Meer hatten, zu Fischen.«
»Und was halten Sie von der Theorie, Father, die einige irische Historiker vertreten, daß unter den gleichen elenden Umständen die französische Nation nicht verhungert wäre, weil die

Franzosen eher bereit gewesen wären, mental gesehen, würde man heute vielleicht sagen, alles für im Prinzip eßbar zu halten und es auch zu essen?«

Er lachte und setzte sich ins Gras. »Da ist schon was dran. Wir Iren essen ja bis heute nur sehr ungern Fisch. Der wird automatisch mit Fasten, Entsagen, Kirche und auch mit Armut in Verbindung gebracht. Mit Strafe. Und wenn du dir anguckst, wie sie den guten Fisch zubereiten, gibt es auch selten einen Grund oder Anlaß, so eine Mahlzeit als Belohnung zu betrachten.«

»Eigentlich schade.« Ich packte meine Butterbrote aus und bot sie dem Priester an. »Schinken und Ei oder selbstgemachte Makrelenpastete.«

Er wählte den Fisch. »Wo wir schon davon sprechen. Oh, oh, ist das lecker ...«

»Als ich das erstemal vor über zwanzig Jahren nach Irland kam, wunderte ich mich in Dublin, daß es keinen Fischmarkt dort gab. Dublin Bay ist voll von leckeren Langusten, Krebsen, Muscheln und Fischen. Nichts davon auf dem Straßenmarkt auf der Moore Street. Bis heute nicht, nebenbei gesagt.« Er seufzte. »Ich weiß. Wir kennen unseren eigenen Reichtum nicht. Wir schätzen noch nicht genug, was wir haben. Zu lange sind wir davon abgeschnitten gewesen. Die Briten behandelten uns jahrhundertelang wie die tumben, rückständigen, faulen Hinterwäldler, die froh sein konnten, daß jemand sie an die Kandare nahm. Kannst du dir vorstellen, was über siebenhundert Jahre Kolonialmacht an kolonialisierter Mentalität hervorbringt? Wir hatten hier ein fast tausendjähriges Reich, Doris.« Ich hörte ihm aufmerksam zu. Das irische Tanzen kam mir wieder in den Sinn. Oben, unten. Unbeteiligtes Gesicht, leidenschaftliche Sprünge. Die perfekte Zweiteilung. Ich bin es nicht, die da tanzt. Es ist jemand anderes. Es hat nichts mit mir zu tun, wirklich. Meine Beine? Das sieht nur so aus, als seien es meine, das sieht wirklich nur so aus. Eine kleine Sinnestäuschung. Eine winzige Verschiebung der Perspektive. »Siebzig Jahre Unabhängigkeit

wischen das nicht sofort weg. Wir schielen immer noch auf das, was andere von uns halten, besonders die Briten. Wir vertrauen nach wie vor nicht auf uns, unsere Fähigkeiten und unsere Schätze. Wenn hier jeden Sommer die Touristen einfallen, die Deutschen, die Franzosen, die Holländer und Italiener und in ein ›o wunderschönes unzerstörtes Irland‹ ausbrechen, lächeln wir nur und denken, na ja. Glaubst du etwa, wir wären dann stolz auf unsere Insel? Wir nehmen eher an, die anderen wären höflich und wollten uns mit ihrem Kompliment eine kleine Freude bereiten. Unser Selbstbewußtsein ist unterentwickelt. Eine Vorstellung von unserem eigenen Wert existiert kaum.«
»Macht das die Menschen unsicherer hier im Umgang mit sich selbst?« Mir fiel die Begegnung mit John auf dem Sofa ein von voriger Nacht. Keane zuckte mit den Schultern. »Es tut viel mit einem. Es läßt dich nach oben die Hand an die Mütze legen und freundlich grüßen, das, was man von dir erwartet, und unten streifst du vorsichtig ein Stück Schafkot am Teppich ab als Andenken. Alte koloniale Überlebenstaktik. Hat übrigens meine Firma übernommen, die Kolonialherrschaft der Briten. Und sie ist mit den irischen Schäfchen so verfahren, wie es vorher die Engländer handhabten. Entweder ihr spurt, oder ...«
Der Priester stand der katholischen Hierarchie, besonders im eigenen Land, skeptisch gegenüber. Zum Leidwesen seines Bischofs, der ihn jedoch schätzte. »Und diese Verhaltensstrukturen ändern sich erst ganz allmählich. Aber es tut sich was seit einigen Jahren.«
»Und jetzt noch Schinken mit Ei?«
Keane nickte begeistert und biß ins zweite Sandwich.
»Und was macht es noch mit den Menschen, Father?« Er kaute lange und schluckte schließlich. Dann schaute er mich von der Seite an. »Es verleitet die Menschen zum Lügen. Zum Lügen vor Gott, zum Lügen vor dem Nächsten, zum Lügen vor sich selbst.« Mein Blick war zweifelnd. »Father, jetzt muß ich euch Iren doch mal in Schutz nehmen. Verlogenheit ist doch nun

wirklich kein nationales Privileg oder eine irische Eigenschaft als Spätfolge und Sondermüll jahrhundertelanger Knechtung.«
Keane nickte zustimmend. »Da hast du vollkommen recht, nur die Art und Weise, wie wir es machen, unterscheidet sich schon von anderswo.«
Meine Augenbrauen waren leicht in die Höhe gerutscht. »Tatsächlich?«
Er überlegte einen Moment lang und blickte mich dann ernst an. »Also, ich versuche es dir zu erklären.« Nun hatte er tief Luft geholt, denn die letzte Krume Brot mit Schinken und Ei war verschwunden.
»Selbst wenn wir lügen, daß sich die Balken biegen, wenn wir täuschen, daß sich die Haare sträuben, wenn wir betrügen, daß kein Auge trocken bleiben kann, verlieren wir Iren weder vor uns selbst noch vor den anderen die Unschuld des Kindes oder die Harmlosigkeit des sanften Toren. Zwei perfekte Masken, Doris, die uns zur zweiten Haut geworden sind. Die wir gar nicht mehr überstreifen müssen, wir tragen sie bereits. Man traut uns zwar einige Verrücktheiten zu, aber nichts wirklich Böses. Auch schon mal Verantwortungslosigkeit und Gewalttätigkeit. Aber nichts wirklich Abgründiges.«
Ich hörte ihm aufmerksam zu. Seine Erklärung traf etwas in mir, das mich die letzten Tage immerzu beschäftigt und aufgewühlt hatte. Ich blickte ihn wieder an. Er hatte die Hände auf seine langen Oberschenkel gelegt und sprach nun eher zu sich selbst.
»Wenn wir einen Abgrund sehen, gucken wir lieber nicht hin, wir tun so, als existiere er nicht. Wir machen einen Seiltanz. Doch den Abgrund, den man uns nicht zutraut, den tragen wir sehr wohl in uns. Jeder für sich alleine.«
Lange schaute ich ihn schweigend an. Er schien von irgendwoher, wo er sich alleine aufgehalten hatte, zurückzukehren. Er klopfte sich die Grashalme von der Kutte und stand auf. »Was schaust du so bedrückt, meine Liebe? Habe ich dir Neuigkeiten berichtet?« Ich stand ebenfalls auf und packte die leeren Butter-

brotdosen in den Rucksack. »Und dann macht ihr es wie Sylvia auf Dun Anghus?« Der riesige Priester schaute mich verwirrt von seiner hohen Warte aus an. »Das verstehe ich jetzt wiederum nicht.«
»Ich spreche vom Abgrund, Father. Das erinnert mich an die Ausgrabungslöcher, die manchmal über Nacht verschwanden. Der tote Padraig bekam gesagt: ›Da ist nichts gewesen, das hat nur den Anschein, als sei da was gewesen. Erde drüber.‹«
Keane legte mir die Hand auf die Schulter. »Und ich dachte, du sprichst vom realen Abgrund dort oben. Von den hundert Metern Luftlinie entlang der Felsen von oben, vom Fort bis runter zu den Klippen. Einmal danebengetreten, aus und vorbei.«
»Oder gestoßen, Father.« Er nickte. »Oder gestoßen.«

Er hatte wieder die Kerzen angezündet und betrachtete sie genau, eine nach der anderen. Heute war er ganz ruhig. Dann streifte sein Blick an ihnen vorbei, als suche er nach etwas. Die Mauern bestanden aus alten Steinen, die miteinander ohne Mörtel verschichtet waren. Trockensteinwände wurden sie genannt. Sie überstanden Jahrhunderte salziger Stürme und Generationen endloser Regenfälle.
Da war der Platz, nach dem seine Augen die Mauern abgesucht hatten. Dahin würde er sie stellen. Er hatte sie schon mehrmals besucht. Jedes Detail an ihr war ihm vertraut. Er hatte sie in sich aufgenommen. Nun würde sie endlich in sein Reich Einlaß finden. Er würde Liam ausbezahlen. Wie fast immer, seit sie sich kennengelernt hatten. Nur einmal hatte er nachgegeben und sie ihm zum Verkauf überlassen. Das hatte er verschmerzen können, sie war nicht so schön wie die anderen gewesen. Ihre Geschlechtsmerkmale waren nicht sehr ausgeprägt. Fast hatte Liam auf einer anderen bestanden. Er könne den Markt nicht enttäuschen. Die Kunden würden nörgelig und sich woanders umtun. Doch letzten Endes war es Liam egal, woher das Geld

kam. Und er konnte sich den riskanten Abtransport ersparen. Das war immer sein Argument gewesen. Er brauchte sich nicht mehr um die Reise zu kümmern. Natürlich, mit ihm zusammen war die Entführung der Sheelaghs, wie er es gerne nannte, einfacher als alleine. Doch Liam beklagte sich immer öfter, daß ihm mehr Sheelaghs zuständen, für die er gutes Geld kassieren wollte.

»Ihr bekommt morgen Besuch«, flüsterte er ihnen zu. »Celia mit den Brüsten kommt zu euch. Keine Eifersucht, sie hat schon ihren Platz.« Sein Blick fiel wieder auf die Stelle an der Wand, die er für sie ausgesucht hatte. Nun lächelte er. Später am Tag würden sie losfahren, um sie in der Nacht zu holen. Liam hatte alles vorbereitet. Das mußte er ihm lassen. Seine Organisation war perfekt. Bei den von ihm selbst geplanten Entführungen war es leider oft genug bei bloßen Versuchen geblieben. Bis Mary McCabe sie vor einem Jahr zusammengebracht hatte, ohne daß sie zunächst ahnte, was sie tat. Seitdem lief alles perfekt. Mary ... fast perfekt.

Wenn ich an jenen Abend zurückdenke und an die Tage danach, kriege ich noch heute eine Gänsehaut. Es begann eigentlich angenehm. Ich hatte mir bei Rory Daly in Leenane für sieben Uhr meinen Stammtisch reservieren lassen. Rory und seine Familie führen das Portfin Lodge, ein hervorragendes Fischrestaurant in Leenane mit einem weiten Ausblick auf den Fjord. Von Rory wird Fisch als Belohnung zubereitet, serviert und von den Gästen genossen. An meinem Tisch habe ich den ganzen Killary Harbour bis zur Biegung fest im Blick. Außerdem steht der Tisch in der Raucherzone. Maeve, Rorys Tochter, die abwechselnd blond und schwarzhaarig erscheint, riet an dem Abend zu John Dorey, einem Fisch, der bei uns Petersfisch genannt wird. Ich bestellte John. Und Maeve war blond. Wir schwatzten. Um die Zeit war es noch sehr ruhig, nur ein paar

Logiergäste des Bed and Breakfast, das die Daly ebenfalls führten, saßen an zwei anderen Tischen. Meist kehren hier im Sommer Deutsche und Franzosen ein, aber auch meinem Arzt aus Westport mit seiner Familie und meinen Nachbarn, den Coynes, war ich schon hier begegnet. Der Arzt hing dann meist hingebungsvoll über einem der Hummer, die noch vor einer halben Stunde mit verbundenen Scheren, nicht Augen, im Hummerbecken auf ein besseres Klima gewartet hatten. Von meinem Tisch aus hat man ebenfalls einen exakten Blick auf die Hauptstraße, die von Clifden nach Westport führt. Ich hatte mir gerade eine Zigarette angezündet, um die Wartezeit zu überbrükken, und mich über meinen drastisch gestiegenen Nikotinkonsum der letzten Tage und Nächte geärgert, als der Wagen in Richtung Westport vorbeifuhr. Es war ein grüner Volvo, wie ihn abwechselnd Jürgen und John fuhren. Wer am Steuer gesessen hatte, konnte ich nicht so schnell erkennen. Das Auto hatte meine ganze Aufmerksamkeit erregt, und als ich es erkannt hatte, war es schon zu weit weg und um die Ecke in den Ort. Auch hatte ich nicht erkennen können, ob der Fahrer allein gewesen war oder nicht.

Meine Nervosität nahm zu, warum, wußte ich nicht. Ich bestellte noch ein Glas Wein. Als der Fisch schließlich duftend vor mir auf dem Teller lag, bekam ich keinen Bissen hinunter. Maeve schaute ganz verdutzt und benachrichtigte ihren Vater in der Küche. Rory, groß und kräftig – nicht Fisch, sondern seine hinreißenden Saucen, in denen er ihn serviert und die er Abend für Abend abschmecken muß, setzen offenbar an – legte mir den Arm auf die Schulter. »Mädche, schmeckt's etwa nicht?« Rory spricht ein gepflegtes Frankfurterisch aus seinen Tagen in Deutschland. Er sah besorgt aus. Ich versicherte ihm, daß seine Kochkunst keine Flügel hatte hängenlassen. Eher fehlte es mir heute an Elan. Rory hatte seinen Vaterblick aufgesetzt. »Du bist viel zu schade für so einen Mann.« Mein verblüffter Blick traf ihn von unten. »Wie kommst du darauf, Rory?«

»Sieht man dir an. Kenn' ich von meiner Tochter.«
»Und du weißt, wer es ist?« Er lachte laut, und die Gäste an den anderen Tischen schauten zu uns herüber. »Naa, aber egal, wer es ist, wer dich so unglücklich macht, daß dir mein Fisch nicht mehr schmeckt, der hat dich nicht verdient.« Mit der Gabel nahm ich einen neuen Anlauf. Meine Geschmacksnerven schienen völlig abgetötet zu sein. »Weißt du was?« Rory hatte sich zu mir heruntergebeugt. »Laß den Fisch. Ich möchte auch nicht, daß du ihn bezahlst.« Ich wehrte heftig ab. »Keine Widerrede. Ich bringe dir jetzt einen Kaffee, und dann mußt du mir was versprechen.« Seine Hände strichen seine Küchenschürze glatt. »Du fährst nach dem Kaffee zu ihm hin und machst reinen Tisch. Abgemacht?« Mein zweifelnder Blick. »Du mußt was auf die Rippen kriegen, Mädche, so geht das nicht. Also versprochen?«
Offenbar hatte ich nur noch den Schubs einer mitfühlenden Seele gebraucht, um das zu tun, was ich die ganze Zeit hatte tun wollen. Ich stieg in meinen Fiat, fuhr noch kurz nach Leenane hinein, um zu sehen, ob der Volvo vielleicht vor der Tür einer der beiden Pubs stand, was er nicht tat, und fuhr dann zurück Richtung Letterfrack. Es war gegen neun, als ich bei John und Jürgen anklopfte. Niemand antwortete. Normalerweise parkten sie ihre Wagen hinter der Villa. Den Volvo sowie den grauen Landrover. Auf Zehenspitzen schlich ich um das Haus herum. Auf dem Parkplatz gähnende Leere. Beide Wagen waren weg. Sollte ich mich auf die Treppe vor dem Haus setzen und warten? Einen Moment lang tat ich es. Die Möwen riefen sich mit ihren durchdringenden Schreien etwas zu.
Warum ich die Klinke der Haustür herunterdrückte, weiß ich nicht mehr. Sie gab nach, unverschlossen, wie die meisten Haustüren hier an der Westküste. Während sie in Dublin die Häuser mit Alarmanlagen sichern und die Türen und Erdgeschoßfenster verbarrikadieren, gehen die Menschen dreihundert Kilometer weiter westlich nach wie vor gelassen abends in die Kneipe oder zu Freunden und lassen ihre Häuser offenstehen.

Langsam bahnte ich mir den Weg durch das verlassene Haus. Nur die Küche war mir bekannt. Das Geschirr, zwei Tassen und zwei Teller vom Abend oder Nachmittag, stand noch auf dem Tisch. Jemand hatte wilde Rosen in einem Pintglas danebengestellt. Das sah nach Jürgen aus. John vermochte ich nicht mit dieser Anwandlung in Verbindung zu bringen. Die Treppe mit dem gedrechselten Geländer aus Mahagoni führte zunächst auf ein Zwischenstockwerk. Bad, Toilette.
Die Treppe knarrte laut, als ich weiterging. Was hatte ich dort zu suchen?
Meine Neugierde wird normalerweise durch den Respekt gebremst, den ich vor der Privatsphäre anderer Menschen habe. Doch mein Anstand, den ich immer auch in beruflichen Unternehmungen walten lasse, war hier plötzlich außer Kraft gesetzt. Die Tür rechts von der Treppe stand halb offen. Ich betrat ein Schlafzimmer. Weiße Wände, an einer hing eine Reproduktion eines Gemäldes von Munch. Penibel aufgeräumt, ein gewebter graublauer Wollteppich, ein gemachtes Doppelbett. Weiße Bettwäsche. Alles sehr geschmackvoll. Bücher, säuberlich aufgestapelt, auf dem Nachttisch. Mein Gewissen pochte. Ich drehte mich um zum Kleiderschrank, ein wunderschöner, dunkelgebeizter Schrank. Behutsam öffnete ich die Tür und erstarrte. Das hatte ich nicht erwartet. Vor mir lag ein unentwirrbares Chaos aus Pullovern, Hemden, Socken, Unterhosen, Jeans und Handtüchern. Fast drehte sich alles vor meinen Augen, und ich schloß die Schranktür schnell wieder. Im Nu war ich aus dem Zimmer und zögerte, ob ich das andere Schlafzimmer suchen sollte. War da nicht ein Geräusch gewesen unten oder draußen? Mir wurde es einen Moment lang schlecht vor Angst, und ich hielt den Atem an. Aber nichts weiter war zu hören, nichts geschah. Die nächste Tür war zu. Ich drückte langsam die Klinke herunter und befand mich in einem kleinen Büro mit zwei Computern, vielen Regalen, Ordnern und Magazinen.
Eigentlich wäre ich nun am liebsten die Stufen hinunterge-

rannt, doch etwas hielt mich hier oben fest. Ich ging zum nächsten Raum, die Tür sprang auf. Das zweite Schlafzimmer. Ein eiskalter Raum, das Fenster war ganz hinuntergeschoben und stand weit offen. Ein enges, zerwühltes Einzelbett. Kein Kopfkissen. Überall auf dem Teppich lagen verstreut Turnschuhe, Wanderschuhe, Rucksäcke, ein Schlafsack, eine Campingausrüstung und Kletterseile herum. Man hätte nirgendwohin treten können, ohne auf etwas zu treten. Noch nicht einmal der Weg zum Bett war frei.

Ein Jungenzimmer. So ähnlich sah das Zimmer des sportbegeisterten siebzehnjährigen Sohnes meiner besten Freundin zu Hause aus.

Dann fiel mein Blick auf das Poster an der Wand, den einzigen Wandschmuck. Es war das Poster einer Ausstellung im Museum von Cork aus dem Jahr 1993. Es war die Fotografie einer Sheelagh Na Gig.

Um viertel vor zehn war ich von der Villa aus zum Priester gefahren. Auch dieser Besuch war mir nicht ganz klar. Schließlich hatte ich mit Keane schon den Morgen im Delphital verbracht. Es gab im Prinzip nichts Neues zu berichten und meine neuerworbene Kenntnis, die Einrichtung der Schlafzimmer der beiden Männer vom Adventure Centre betreffend, behielt ich lieber für mich. Was sagte es auch letzten Endes aus, daß einer das Chaos offen auf den Teppich legt, der andere es hinter Schranktüren verbirgt? Das Poster an der Wand in Johns Zimmer, und ich war sicher, daß es sein Schlafzimmer gewesen war, war eine andere Sache. Sollte ich dem Priester davon erzählen? Ich beschloß, es erst noch für mich zu behalten. Die Scham über meine Schnüffelei spielte dabei sicher auch eine Rolle. Ungeduldig klingelte ich am Pfarrhaus. Nichts rührte sich. Ich klingelte nochmals. Von drinnen hörte ich Schritte. Die Tür ging auf, und Mary, Keanes Haushälterin, lachte mich übers ganze Gesicht an. »Hallo, Doris! Komm doch herein.« Ich druckste. »Ist Father Michael da?« »Nein, aber das macht doch nichts, du kannst trotzdem reinkommen!« Noch immer zögerte ich. »Wird er denn bald wieder hier sein?« Mary schüttelte den Kopf. »Das glaube ich nicht. Er ist heute am späten Nachmittag unvermutet zu einem Verwandten nach Sligo gerufen worden, dem es sehr schlechtgeht. Ein Onkel von ihm, glaube ich. Oder war es ein Vetter? Jedenfalls schwang er sich in sein altes Auto und fuhr sofort los.«

»Hm.« Ich bedauerte Keanes Abwesenheit. »Kann ich ihm denn etwas ausrichten, wenn er morgen zurückkommt? Ich bin sicher, er ist morgen wieder da. Er hat eine Taufe um zwölf.«

»Wann bekam er denn den Anruf aus Sligo?« Manche Fragen stellen sich einfach ein. Mary zuckte mit den Schultern. »Keine Ahnung. Ich war gar nicht im Haus, sondern bei einer alten Dame nebenan zum Tee. Als ich zurückkam, gegen fünf muß das gewesen sein, packte er schon die Bibel, drei Butterbrote und das Set für die letzte Ölung ein. Für den Fall des Falles. Kurz vor sechs fuhr er los, Richtung Westport.« Ich bedankte mich bei Mary und ging zum Wagen zurück. Warum war niemand, den ich sprechen wollte, da? Es war, als hätten sich alle aus dem Staub gemacht, um mir aus dem Wege zu gehen. Ich weiß, das ist eine sehr persönliche Sichtweise von Dingen, zu der ich manchmal neige. Dinge eher sehr persönlich zu nehmen. Im Auto suchte ich meine Strickjacke. Jetzt, wo die Sonne fast weg war und Wolken aufgezogen waren, wurde es schnell empfindlich kühl. Mir fiel der Pub in Tully ein. Vielleicht waren John und Jürgen da zu finden. Obwohl, auf Jürgen hatte ich keine große Lust, und John war eher kein Kneipengänger. Trotzdem. Ich bog von Letterfrack auf die kleine Küstenstraße nach Tullycross und Tully ab. Von der Straße aus hat man einen wunderbaren Blick auf die Halbinsel Renvyle, und rechts, weiter entfernt, kauert Mweelrea wieder unter den Wolken. Sonne und Wolken tauchten an dem Abend den gesamten Küstenstreifen in ein grau-

grünes, fast gespenstisch fahles Licht. Ich hielt kurz in der Einfahrt einer verlassenen Hütte und stieg aus.
Gleichzeitig diese engen Landstraßen zu befahren und einen Blick auf die Natur und ihre Ereignisse zu werfen, war nicht zusammenzubringen.
Außerdem schätzte ich, daß mein allgemeines Leistungsvermögen an jenem Abend auf einem Tiefpunkt angelangt war. Meine Arme hatte ich auf die offenstehende Tür meines Wagens gelegt und das Kinn auf den Handrücken gestützt.
Die tiefstehende Sonne im Westen war noch stark genug, um einzelne Strahlenbündel durch die dunkelgrauen Wolkentürme zu schicken. Durch diese Haufen gefiltert und neu gemischt, traten die Strahlen auf der unteren Seite der Wolken in merkwürdigen Bündeln aus. Spotlights, Scheinwerfern nicht unähnlich. Sie wiederum beleuchteten ausgewählte Punkte auf dem Bergrücken. Das Licht um diese beleuchteten Punkte, die kontinuierlich mit den Wolken wanderten, rasten, franste an den Rändern aus. So ähnlich, stellte ich fest, fühlte ich mich: Die Helligkeit und Klarheit, die ich punktuell in meinem Verstand empfand, wurde, kaum erleuchtet, wieder in Dunkelheit getaucht. Der Hof darum herum war rettungslos ausgefranst.

Im Pub schlugen mir ausgelassenes Geschrei, Gesang und Rauchschwaden entgegen. Die Theke war stark umlagert, und ich bahnte mir einen Weg durch die trinkende, schwätzende Menge hindurch. Als ich mir ein Glas Guinness bestellt hatte, ließ ich meinen Blick herumwandern. Einige Gesichter kannte ich flüchtig, und man winkte sich gegenseitig über die Köpfe hinweg zu. Da entdeckte ich in einer der hinteren Ecken endlich zwei, zu denen ich mich gerne gesetzt hätte. Ich zahlte mein Bier, nahm das Glas fest in die Hand und machte mich auf den Weg zu ihnen. Sie hatten mich noch nicht gesehen, waren offensichtlich in ein ernstes Gespräch vertieft.

Sie saß mit dem Rücken zu mir und schien eindringlich auf ihn einzureden. Als er mich entdeckte, kurz vor ihrem Tisch, bedeutete er ihr zu schweigen und winkte mich jovial heran. Bereitwillig folgte ich seiner Einladung. »Hallo Sylvia, hallo Francis! Der Stuhl ist doch noch frei?« Ich saß.
»Doris, wie geht's?« Die Erdmutter aus Donegal wirkte zerzaust und leicht übermüdet. »Danke, ich kann nicht klagen. Schönes Wetter, die letzten Tage. Slanté!« Drei Masken begrenzten die Tischplatte. Es war halb elf. »Wie geht's Seamus und den Ausgrabungen?« Einen Moment lang schaute sie mich forschend an, entschied sich dann offensichtlich für eine Variante der möglichen Antworten. »Ganz gut, er arbeitet viel zu viel.« Ich nippte am dunkelbraunen Bier. »Ohne Assistenten gibt es sicher noch mehr für euch zu tun, oder habt ihr schon jemand neuen?« An dieser Stelle trat Stille zwischen uns. Wäre ich Irin gewesen, hätten die beiden einschätzen können, auf was ich hinauswollte. So tappten sie jedoch im dunkeln. Doble räusperte sich. »Schlimme Sache mit dem Jungen.« Er schaute über Sylvia und mich hinweg. Sein Gesicht war gerötet wie immer, vor Schweiß glänzend wie meist, wenn ich ihn gesehen hatte.
»Nein«, antworte Sylvia und schlug die Beine übereinander. Die Hände hielt sie im Schoß ineinander verkrallt. »Wir hatten noch keine Zeit, und ehrlich gesagt stand uns bisher noch nicht der Sinn danach, uns nach jemand anderem umzutun.«
»Es wäre vielleicht auch nicht ganz einfach, jemanden zu finden.« Fragend schaute sie mich an. »Na, ich denke mir, daß so ein Unfall Schatten wirft auf so einer kleinen Insel, oder?«
Sylvia zündete sich eine Zigarette an. »Padraigs Mutter verbreitet Gerüchte, das stimmt. Unschöne Dinge, die sie von irgendwoher zerrt und ausspinnt. Aber vielleicht braucht sie das auch, um diese Tragödie mit ihrem Sohn zu verarbeiten. Ich verstehe das sogar.«
Die Erdmutter baute sich wieder vor mir auf. Voller Verständnis und Mitgefühl. Eine Welle von Antipathie stieg in mir

hoch. Ich blieb gleichmütig freundlich, und meine Stimme blieb weich. »Waren Sie eigentlich schon auf Dun Anghus, Francis?« Doble nickte heftig. »Welcher Ire wäre noch nicht dort gewesen?«

»Ich meine, in den letzten Wochen oder Monaten.« Sie tauschten einen kurzen Blick aus. »Nein, eigentlich nicht.«

»Und uneigentlich?« Auf solche Fragen ist man hier nicht so gut vorbereitet. Besonders nicht, wenn sie ohne eine Prise Humor vorgetragen werden.

Uns Deutschen wird in England und Irland, da unterscheidet die beiden einmal nichts voneinander, völlige Humorlosigkeit unterstellt. Ein Vorurteil, das ich zwar auf der einen Seite verstehe, auf der anderen Seite aber immer wieder versucht habe, durch eigene Anstrengungen zu widerlegen. Die Situation, dieses Vorurteil jedoch geschickt zu nutzen und auszubauen, war mir bisher unbekannt. Ich badete nun in meiner teutonischen Humorlosigkeit und ließ ihr freien Lauf. Doble stotterte: »Nun ja, äh, ganz kurz mal vor ein paar Wochen.« Sylvia bedachte ihn mit einem Blick, der ihn sofort am Guinnessglas Halt suchen und verstummen ließ. Es hatte wenig Zweck, ihn weiter zu drängen. Warum auch? Ich wußte gar nicht, was ich aus ihm herauskitzeln wollte. So wendete ich mich wieder der Archäologin zu. »Sie kennen sich schon lange?« Sie nickte, er schüttelte den Kopf. Wieder der Blick der strengen Mutter auf ihr ungehöriges Kind. »Na, was denn nun?« Ich lächelte beide an. Sylvia lächelte zurück. Doble schwitzte. »Was für Francis, der eine Spur älter ist als ich«, hier fügte sie einen hellen Lacher ein, »kurz ist, scheint mir dagegen fast eine Ewigkeit.« Gut pariert. Diese Dame war hochintelligent und exzellent im Training. »Haben Sie denn etwas mit Archäologie zu tun, Francis?«

»Eigentlich nicht.« Sylvia setzte sofort hinzu: »Uneigentlich auch nicht.« Die letzte Bemerkung durften wir alle drei gleichermaßen belachen.

»Noch ein Guinness?« Doble war aufgestanden und zwängte

sich am Tisch vorbei. Ich winkte dankend ab. Sylvia bat um einen Gin Tonic mit viel Eis. Als ich meine Strickjacke zugeknöpft hatte, stand ich auf und verabschiedete mich von ihr. »Viel Glück, Sylvia!« Sie bedankte sich. »Oder gibt es unter Archäologen einen feststehenden Ausdruck wie«, ich überlegte einen Moment, »wie ›gut Grab‹?«
»Wie bitte?« Ihre Stimme klang eiskalt. Ich lachte.
»Quatsch, was rede ich, meine natürlich ›gutes Graben‹.«
»Nein, gibt es nicht. Aber trotzdem, danke.« Ich wandte mich zum Gehen, drehte mich aber noch einmal um. »Na ja, auf jeden Fall angenehmes Weiterbuddeln. Man weiß ja nie, was sich noch findet, oder?« Doble folgte mir von der Theke aus mit den Augen, bis ich durch die Tür verschwand. Und dabei habe ich gar keine Augen im Hinterkopf.

Am nächsten Morgen schlief ich lange. Ich hatte in der Nacht schlecht einschlafen können, war dann aber wohl in den frühen Morgenstunden vor Erschöpfung in einen traumlos tiefen Schlaf gefallen. In der Küche machte ich mir eine Kanne Tee zurecht, die ich mir mit ans Bett nahm. Solche Morgende liebe ich: Ohne Verabredungen und Termindruck liege ich gern bis in die Puppen im Bett. Dann lese ich oder hänge meinen Gedanken nach, von denen ich mich wie vom Tee genußvoll wärmen lasse. Morgens mache ich mir im Bett immer angenehme Gedanken. Nachts vor dem Einschlafen sind dann die anderen dran. Ich trenne fein säuberlich. Auf diese Weise mochte ich gut eine Stunde vor mich hingedöst haben, und es ging auf Mittag zu, als es an der Haustür klopfte. Es konnte der Briefträger sein, der um die Zeit meist auf seiner Runde den äußersten Zipfel von Leenane, in dem ich wohnte, erreicht hatte. Ich warf mir den blauen Morgenmantel über und öffnete. Keine Post. Statt dessen der Kommissar aus Dublin. Überrascht blickte ich ihn an und ahnte, daß es sich nicht um einen Höflichkeitsbesuch handeln würde. Ich bat ihn herein. »Ist was passiert?« Er nickte. »Ich bin auf dem Weg nach Leitrim in ein Dorf namens Buckode. Ich dachte, ich sage Ihnen Bescheid, falls Sie mitfahren wollen.« Er musterte kühl meine Morgengarderobe, »aber es muß schnell gehen, ich bin in Eile.« Ich verschwand sofort im Bad, nachdem ich ihm eine Tasse meines lauwarmen Tees angeboten hatte, und saß zehn Minuten später neben ihm im Auto.

Am frühen Morgen vor der Messe war in der Kirche in dem abgelegenen Ort in der kleinen Grafschaft zwischen Sligo und Donegal die Leiche eines Mannes gefunden worden. »Jung oder alt«, wollte ich wissen. »Noch recht jung, glaube ich, vielleicht Mitte dreißig oder knapp darüber, sagte man mir am Telefon.« Er wäre nicht davon unterrichtet worden, wenn nicht gleichzeitig ein Kirchenraub stattgefunden hätte. »Die hatten eine Sheelagh Na Gig.« Er nickte. Um zu dieser Schlußfolgerung zu kommen, brauchte man detektivisch gesehen keine sonderlichen Vorkenntnisse. »Und die war weg, statt dessen ließ man eine Leiche zurück.« Wieder nickte er. »Die Figur ist sehr präzise aus dem Stein gehauen worden und eben nicht mehr da. Es soll ein besonders schönes, großes Exemplar gewesen sein. Eine Seltenheit.«

»Hatte denn der Mann den Dieb oder die Diebe überrascht?« Das wußte er noch nicht. Da er ebenfalls wegen eines Mordes an der Westküste ermittelte, der unter Umständen mit dem Raub von Sheelaghs in Zusammenhang stehen könnte, hatte man ihn gebeten, an den Ort des Verbrechens, ungefähr dreihundert Kilometer nördlich von Connemara, zu fahren.

»Und warum haben Sie mich auf diese Ermittlung wegen Mordes und Raubs mitgenommen?« Er drehte sich kurz zum Beifahrersitz. »Ich weiß es auch nicht genau, vielleicht aus einer Art Eingebung heraus.«

»Eingebung?«

»Der Mann ist anscheinend im Ort und in der Umgebung gänzlich unbekannt. Vielleicht kann man sogar sagen, in der ganzen

Grafschaft Leitrim unbekannt, denn die hat nur 13 190 Einwohner. Und ich dachte mir, falls es einen Zusammenhang geben sollte zu hier, könnte es doch sein, daß Sie den Mann schon mal gesehen haben und wissen, wer er ist. Das würde uns sehr schnell weiterhelfen.« Ich schluckte. »Wie ist er …« Mir wurde es schlagartig flau im nüchternen Magen. Daß ich mir eine Leiche, noch dazu die eines Mordopfers, ansehen sollte, damit hatte ich nicht gerechnet.
»Mit einer Spitzhacke. Es tut mir leid.« Ich wurde blaß. »Es wird eines der Handwerkzeuge der Einbrecher gewesen sein.«
»Wann, denkt man, fand der Mord statt?«
»Wie bitte? Ich habe Sie nicht verstanden, Sie sprechen plötzlich so leise.« Ich wiederholte die Frage lauter. »Das wissen sie noch nicht so genau, aber man vermutet so zwischen Mitternacht und zwei. Aber bis jetzt hat nur, bei allem Respekt, die Dorfpolizei, die es sonst mit Schwarzbrennern und Grenzstreitigkeiten bei Koppelumzäunungen zu tun hat, einen Blick drauf geworfen. Bis wir da sind, werden schon die Kollegen aus Galway mit der Spurensicherung an Ort und Stelle sein und vielleicht mehr wissen.« Wie lange wir von Connemara aus brauchen würden, fragte ich. Er schaute auf die Uhr. »Wenn wir nicht überall auf Traktoren stoßen, knapp vier Stunden, denke ich.« Ich fing an zu rechnen. Sieben, acht, neun … »Was ist denn mit Ihnen?« Ich dachte mir alle möglichen Dinge aus. Keinen hatte ich gestern abend angetroffen. Keinen John, keinen Jürgen, keinen Seamus im Pub. Keinen Priester. Keinen Priester?
»Doris?« Meine Verzweiflung muß auch im Profil ablesbar gewesen sein. Er hielt an. Nun hatte er sich voll zu mir gedreht. »Geht es Ihnen nicht gut? Sie sehen grauenhaft aus.«
»Danke.«
»So meinte ich es nicht.« Er strich mir sanft mit den Fingerspitzen über die Wange. Ein Polizist. »Sollen wir irgendwo etwas essen, Sie haben vielleicht noch gar nicht gefrühstückt heute?« Ich reagierte nicht. »Oder ist es die Angst vor der wahrschein-

lich nicht angenehm aussehenden Leiche? Das verstehe ich.« Ich nickte. »Wenn Sie sie nicht ansehen wollen, brauchen Sie es auch nicht. Wir kriegen die Identität des Mannes auch anders heraus, wirklich.«
Er startete den Wagen. »Vielleicht wollte ich Sie auch nur als Begleitung auf der langen, langweiligen Fahrt nach Leitrim haben. Wär doch auch eine Art von Eingebung, oder?« Ich lächelte schwach. Seinen Humor und Charme hatte er bisher geschickt für sich behalten. Aber auf welche Weise ich mich bis Leitrim ablenken könnte, war mir eigentlich ziemlich gleich. Und die schwarzweißen Schafe, die unsere Fahrt auf beiden Seiten säumten, hatte ich nicht vor zu zählen.

Je näher wir Buckode kamen, desto unruhiger wurde ich. Wäre der Tote tatsächlich jemand, den ich kenne? Gedanken und Möglichkeiten schossen mir im Kopf hin und her. Ein Mann Mitte dreißig. Das konnte auf Jürgen zutreffen, obwohl er wahrscheinlich eher vierzig war. Und auf John. Mir lief es eiskalt den Rücken herunter. Gallagher hatte genau wie ich während der letzten halben Stunde, als wir die Stadt Sligo mit dem majestätischen Tafelberg Ben Bulben zur rechten Seite hinter uns gelassen hatten, keinen Ton mehr gesagt. Schweigsam und konzentriert fuhr er die Küstenstraße entlang. Kurz vor Sligo hatte er über sein Autotelefon Kontakt mit den Kollegen am Fundort der Leiche aufgenommen. Ob es Neuigkeiten gäbe? Nein, die Spurensicherung sei noch bei der Arbeit. Ja, der Mord, meinte der Polizeiarzt, sei zwischen Mitternacht und vier Uhr morgens geschehen. Nein, der Mann sei bisher nicht identifiziert worden. Ja, der Tod sei durch schwere Schädelverletzungen, wahrscheinlich durch eine norwegische Spitzhacke verursacht. Nein, keine Wagenspuren in der Nähe. Gallagher sah mich während des Telefonats erwartungsvoll an. So schien es mir wenigstens. »Und er trug nichts bei sich?« Seine Lippen

verkniffen sich zu schmalen Schlitzen. »Ein Programm des Kulturfestivals in Galway? Das ist doch schon was!« Was, war mir nicht klar. Das jährliche riesige Kulturspektakel im Juli zieht seit vielen Jahren Tausende von Besuchern nicht nur aus ganz Irland, sondern aus ganz Europa und aus Übersee an. Das irische Filmfestival findet kurz vorher statt. Vierzehn Tage lang tummeln sich renommierte wie Nachwuchstheatertruppen, Musiker, Literaten und wer sonst noch alles Kunst auf irgendeine Weise zustande bringt und präsentieren kann in Galway. Ein Durchlaufen der verwinkelten Altstadt vom spanischen Tor bis zum Ayre Square durch die gewundene Shop Street, sonst ein Weg, der nicht mehr als fünf bis sieben Minuten in Anspruch nimmt, kann dann leicht über eine Stunde dauern. Ich meide Galway lieber in dieser Zeit, obwohl mich viele der Veranstaltungen sehr reizen. Doch erinnert mich das Gedränge zu sehr an Rosenmontag in Köln, und ich halte mich in dieser Zeit sowohl vom Rhein als auch vom Corrib River, der durch Galway fließt, lieber fern. »Das Programm liegt seit Wochen überall in Irland in Buchläden und anderswo aus. Das besitzt jeder Ire, der kulturell interessiert ist«, warf ich ein. Also, nehme ich mal an, über die Hälfte der irischen Bevölkerung. Nachweislich hat Irland den höchsten Pro-Kopf-Verbrauch an Büchern. Man mutmaßt sogar, an gelesenen.
Wir bogen in Bundoran von der N15 ins schmale Landesinnere der Grafschaft Leitrim ab. Es konnte nun nicht mehr weit sein. Ich hatte Gallagher von meiner Begegnung mit Sylvia und dem Dubliner Senatsmitglied erzählt. Er wiederum berichtete, daß die Erlaubnis, das gesamte Ausgrabungsgebiet zu untersuchen, auf sich warten lasse. Warum, wußten noch nicht einmal seine Vorgesetzten. Irgendwo, so war sein Eindruck, hatte jemand dabei seine Finger im Spiel.
»Jemand mit Einfluß an den richtigen Stellen?« Er nickte.
»Ich weiß nicht, ob Sie über unsere, sagen wir mal, für heutige Verhältnisse ungewöhnlichen Gesetze Bescheid wissen?«

Die Straße wurde schlechter, große Löcher im Asphalt zwangen den Polizisten, die Geschwindigkeit auf die Bandbreite des zweiten Gangs zu reduzieren.
»Sie sprechen von den secrecy laws, den Gesetzen, die sich der Freistaat Irland nach der Unabhängigkeit gab?«
»Genau. Sie sorgen bis heute dafür, daß Dinge, die die Dubliner Regierung als geheim einstuft, und sie haben da in der Vergangenheit das Feld sehr weit für sich abgesteckt, auch geheim bleiben. Das heißt, sie sind für die Bevölkerung, auch wenn sie direkt betroffen ist, nicht zugänglich und durchschaubar. Das hat sich in den letzten Jahren erst durch den Druck der Bevölkerung, von unten sozusagen, aufgeweicht.«
»Es tut sich was, Gott sei Dank.« Wir fuhren nun am Ortsschild vorbei und brauchten die Kirche nicht zu suchen. »Aber selbst Garda, die Polizei, stößt immer noch auf Unwilligkeit und mangelnde Kooperationsbereitschaft.« Er schien aufrichtig ungehalten.
Der Wagenpark vor der kleinen grauen Dorfkirche war nicht zu übersehen. Drum herum schien sich das ganze Dorf, ich mutmaßte, vielleicht sogar die halbe Grafschaft, versammelt zu haben. Ich wand mich langsam aus dem Sitz des Autos und merkte, wie mir wieder leicht übel wurde. Gallagher war um den Wagen herumgegangen und half mir beim Aussteigen. Er bat mich, am Auto zu warten, er würde mich holen. Die Minuten dehnten sich endlos. Ich kann mich an kein Detail der Kirche mehr erinnern, an kein Gesicht aus der Menge, die mich als wichtigen Neuzugang identifiziert hatte und schamlos anstarrte, was in Irland eher nicht zum guten Ton gehört und anders als das abschätzende Taxieren auf dem Kontinent hier auch nicht heimlich gepflegt wird. Bestenfalls hinter Gardinen.
Irgendwann kehrte er zurück. »Sind Sie wirklich bereit, sich den Leichnam kurz anzuschauen?« Ich nickte und folgte ihm in die Kirche, wo man die Leiche bereits in einen Zinksarg gelegt hatte. Die Kollegen Gallaghers hörten auf zu reden, als wir her-

einkamen, und machen uns Platz. Der Dubliner Kommissar hatte schützend den Arm um meine Schulter gelegt, als wir an den Sarg traten. Der Anblick war grauenhaft. Der obere Teil des Schädels schien zerschmettert, Blut und Schleim verkrusteten Gesicht und Oberkörper. Das Gesicht war … Ich drehte mich weg und nahm Zuflucht irgendwo in Gallaghers Brusthöhe. Er führte mich zur Seite. »Es tut mir leid.« Seine Stimme klang dunkel und leise. »Haben Sie ihn schon mal gesehen?« Ich nickte. Plötzlich brach ich in heftiges Schluchzen aus. Er hielt mich fest und ließ mich weinen, bis ich mich etwas beruhigt hatte. »Ich habe ihn nur einmal gesehen, Jeremy. Er heißt Liam, und ich glaube, er ist Lehrer in Westport.« Ein neuer Weinkrampf. »Wer kann so etwas tun, Jeremy? Wer kann das tun!«

Nachdem ich noch in Buckode meine Aussage über Liam zu Protokoll gegeben hatte und der Dubliner alle bisherigen Untersuchungsergebnisse erhalten hatte, machten Gallagher und ich uns auf den Rückweg. Es war bereits Abend, als wir von Leitrim wieder Richtung Süden die atemberaubende Küste Sligos entlangfuhren. Da wir uns ausrechneten, nicht vor ein, zwei Uhr nachts zurück sein zu können, meinte der Kommissar, daß es ratsamer sei, unterwegs zu übernachten. Er sei müde vom Fahren, ich war offensichtlich nicht in der Verfassung, das Steuer zu übernehmen, und ein ruhiger Ausklang des Tages bei einem Essen und einem Gespräch wäre sicherlich sinnvoller, als sich über die schlechten Landstraßen ab Sligo in der Dunkelheit zu quälen. Ich stimmte ihm zu und schlug vor, in einer meiner Lieblingsunterkünfte in Irland, die ganz in der Nähe lag, anzurufen und zu fragen, ob Deb und Sandy noch zwei ihrer Himmelbetten für die Nacht frei hätten. Sie hatten, und die Vorfreude, die Nacht seit langem mal wieder in Temple House zu verbringen, ließ mich zum erstenmal an diesem Tag ein wenig Ruhe empfinden. Temple House. Von Sandy Percivals angloirischen Vorfahren vor über dreihundert Jahren in Ballymote erbaut, war, so wurde gesagt, das größte noch in Privatbesitz existierende Herrschaftshaus in der Republik. Wie viele Zimmer es waren, konnten Sandy und Deb nicht genau sagen. Benutzt wurde jedoch nur ein kleiner Teil im linken Flügel des Hauses. Sandy war Farmer, der Schafe züchtete, und im Bauernverband in Sligo aktiv. So hatten wir uns vor Jahren kennengelernt. Über umweltschonende Agrarpolitik hatten wir geredet, und er hatte mir Verblüfften damals dargelegt, welch verheerende Konsequenzen der Fall der Mauer für die Bauern an der irischen Westküste darstellte. Daß seitdem durch den weitgehend unkontrollierten Zugang billigen Lammfleisches aus Polen und anderer ehemaliger Ostblockländer auf den europäischen Markt der Preis für Lämmer um mehr als ein Drittel gefallen war und der Einkommensverlust bislang nicht durch zusätzliche Subventionen aus Brüssel ausgeglichen wurde. Das wäre, so meinte Sandy, für vierzig Prozent der Schafzüchter an der irischen Westküste das Aus. Und etwas anderes als Schafzucht war auf dem steinigen Boden entlang des Atlantiks nicht möglich. Die Zukunft? Sandy sah sie düster. Ferienhäuser, noch mehr Auswanderung. Das Ende jeder funktionierenden Gemeinschaft und Gemeinde. »Weißt du, daß sie in Ballina, der drittgrößten Stadt der Grafschaft Mayo, nur noch alle vier Wochen und zu Weihnachten eine Fußballmannschaft mit unter Fünfzigjährigen zusammenbringen?« Er klang deprimiert, dabei hatten sie selbst, wie er betonte, mit ihrem ererbten Häuschen voller Kleinode aus drei Jahrhunderten noch Glück gehabt. Sie hatten einfach ein Bed and Breakfast mit aristokratischem Ambiente aufgemacht, komplett mit Feuer im Kamin, Himmelbetten in wahren Tanzsälen und der hervorragenden Küche von Deb, die mit rein organischen Produkten arbeitete. Am Mahagonitisch mit Silber und Kandelaber stilecht serviert. Montagabend spielte Sandy als echter Ire im Pub in Tobercurry mit den anderen irischen Farmern irische Reels. Wie den »Temple House Reel«. Der noch zu den Zeiten entstanden war, als sein Vorfahr im Herrenhaus gesessen hatte und mit Tee und Opium spekulierte. Und nicht wie sein Abkömmling über einhundert Jahre später die Löffel in der Kneipe schlug.

Wir wurden herzlich von den Percivals begrüßt, und ich erhielt mein Lieblingszimmer mit Blick auf das alte Gemäuer der Tempelritter im Park, das dem Haus den Namen verliehen hatte, und dem extra breiten, hohen Himmelbett mit den verschossenen, weil originalen rosavioletten Brokatvorhängen aus dem achtzehnten Jahrhundert. Ich komme mir darin immer vor wie, tja, wie fühle ich mich darin? Wie eine Mischung aus Prinzessin auf der Erbse und Madame Bovary vielleicht?

Gallagher hatte man in das kleinere Einzelzimmer an der Ecke geführt, das ich auch schon bewohnt hatte. Weniger verspielt als mein Boudoir. Das paßte auch eher zu ihm.

Ich hatte das dringende Bedürfnis zu duschen. Wollte ich die Erinnerung an Liams zerschmetterten Schädel heraus- und aus- und wegspülen? Das Bild hatte mich die ganze Fahrt hindurch verfolgt. Ich weiß nicht, ob Gallagher es mir angesehen hatte. Jedenfalls redeten wir so gut wie nichts. Er war feinfühlender, als ich es erwartet hatte. Das heißt, ich registrierte keine Abgebrühtheit an ihm. Eine Schutzhaut, die sich sonst wahrscheinlich jeder Polizist, besonders wenn er in der Mordkommission tätig war, als schiere Überlebensstrategie zulegen mußte. Das war mir schon bei der Ermittlung in Padraigs Fall aufgefallen. Ich begann, ihn wirklich zu mögen.

Kurz darauf saßen wir uns am Ende des Mahagonitisches, um den eine Gesellschaft von zwanzig hätte dinieren können, gegenüber. Deb servierte zum selbstgebackenen dunklen Brot eine Tomatensuppe und wünschte guten Appetit. Er trank Wasser, ich schweren Rotwein. Ich mußte für die kommende Nacht und ihre Dämonen vorbauen.

Ruhig erzählte ich ihm nun, wo und wie ich Liam kennengelernt hatte und daß ich ihn im Pub tatsächlich nur ein einziges Mal

gesehen hatte. Ich erzählte von Jürgen, von der Unterhaltung mit einem Liam am Telefon über eine Cathleen. Ich berichtete ihm, mich dunkel zu erinnern, daß Liam zugegeben hätte, auch bei der Tanzveranstaltung in Tully gewesen zu sein, in deren Pause Mary McCabe ermordet worden war. Gallagher hatte sich alles ruhig und ohne mich zu unterbrechen angehört. Als ich fertig war, schwieg er eine Zeitlang. Ich hatte fast die ganze Flasche Rotwein geleert. Dann schaute er zu mir herüber und sagte ohne Vorwurf in der Stimme: »Das ist noch nicht alles, Doris. Sie wissen oder Sie ahnen noch mehr. Bitte.« Der Blick, mit dem ich ihn ansah, muß alles andere als liebenswürdig gewesen sein, doch er tat so, als habe er ihn als zuvorkommend empfunden.
»Also? Ich mache Ihnen nicht den geringsten Vorwurf, das möchte ich betonen. Bis heute nachmittag konnten Sie, konnten wir keine direkte Verbindung zwischen diesem Lehrer aus Westport und den Geschehnissen um die Sheelaghs herstellen.«
»Halt!« Ich hatte ihn angebrüllt. Verwundert hielt er inne und starrte mich an. Meine Hand war über meinen Mund gerutscht.
»Halt«, sagte ich leiser und versuchte, mich zu konzentrieren, indem ich auf den kaum berührten Lammrücken auf meinem Teller starrte. Gallagher schwieg, denn er ahnte, daß mein Gehirn fieberhaft arbeitete. Wie bei dem Zipfelchen eines Traums, das sich einem am Morgen nach der Nacht darbot, an das man sich krallt, um den ganzen Traum hervorzuziehen. Meine Erinnerungskraft wollte etwas aus der Dämmerung hervorholen, hervorgerufen durch das, was er gerade gesagt hatte.
Die große Wanduhr hinter uns tickte. Es war mucksmäuschenstill im großen Eßzimmer von Temple House. »Ich hab's«, flüsterte ich. »Als ich Father Keane fragte, wann und unter welchen Umständen die Sheelagh in Renvyle bekannt wurde, erzählte er mir die Geschichte von dem Artikel in der Westporter Zeitung, dessen Autor nie ausfindig gemacht werden konnte.«
»Ja, das ist mir bekannt.«
»Keane erzählte weiter, daß unmittelbar vor dieser Veröffent-

lichung ungewöhnlich viele Außenstehende in der Kirche zu tun gehabt hätten. Eine Hochzeit, Touristen und eine Schulklasse aus Westport, wenn mich nicht alles täuscht.«
Gespannt blickte ich ihn an. Er atmete tief durch. »Das können wir leicht nachprüfen lassen, ob der Tote diese Klasse begleitet hat damals. Aber es ist wichtig, da haben Sie vollkommen recht.« Deb wünschte uns eine gute Nacht und fragte, wann wir frühstücken wollten. »Ginge es schon um sieben?« erkundigte sich der Kommissar. Unirische Zeiten, aber Deb lachte. Bis sieben also. Als wir vor dem großen Kamin im Salon saßen, lehnte Gallagher sich fast vertraut zu mir herüber. »Bitte. Den Rest, Doris.« Als ich zögerte, fügte er hinzu: »Wir haben es bisher mit zwei Toten zu tun. Das sind zwei zuviel. Wir wollen nicht, daß noch mehr passiert.«
»Es sind drei, Jeremy, mit Padraig sind es drei.« Er seufzte. »Sie haben recht. Doch irgendwie rechne ich immer zwei und eins in meinem Kopf, nicht drei. Komisch, nicht?«
Schließlich erzählte ich von John. Seiner beruflichen Partnerschaft mit Jürgen und der privaten langjährigen Freundschaft zwischen den beiden, seinem nächtlichen Besuch und seiner Angst, und schließlich erzählte ich ihm, und es war mir peinlich, von meinem Besuch in den Schlafzimmern der beiden vorige Nacht. Die Wanderung mit John auf den Mweelrea und meine Gefühle für ihn ließ ich aus. »Das heißt, beide waren gestern abend nicht zu Hause?«
»Korrekt. Father Keane übrigens auch nicht.«
Er hob überrascht die Augenbrauen. »Warum sagen Sie das so?«
»Wie ›so‹?« Er lachte. »Als hätten wir noch nicht genügend Verdächtige. Wenn ich mich recht erinnere, so war Sylvias zwielichtiger Gefährte Seamus auch nicht in ihrer Begleitung im Pub.«
»Richtig.«
»Vier.«
»Meinen Sie wirklich, wir müssen den Priester dazuzählen?« Vielleicht stellte ich nur vordergründig die Naive zur Schau.

Hatte ich mir nicht selbst schon Gedanken über Keanes merkwürdiges Verhalten gemacht? Hatte er mir nicht schon viel zuviel erzählt? Oben, unten, innen, außen. Masken, die wie eine zweite Haut sitzen.

»Es wäre nicht das erste Mal, daß Priester auf dieser Insel mit dem Gesetz in Konflikt gekommen wären. Und vertuschen tut es heute auch niemand mehr gern. Aber trotzdem, Father Michael ist …«

»Ein sehr ehrenwerter Mann«, ergänzte ich, »ganz meine Meinung. Ich kenne ihn seit Jahren, und es wäre absurd.«

»Aber nicht unmöglich. Ich werde morgen die Alibis der vier nachprüfen lassen. Diskret zunächst. Gehen wir zu Bett?« Es klang wie die nüchterne Aufforderung zum rechtmäßigen Vollzug der ehelichen Gemeinschaft. Doch warum hätte er sich nach Vorfreude auf eine Liebesnacht anhören sollen? Wir waren dienstlich unterwegs, und ich sehnte mich nach John. Mit Männern wie Gallagher hatte ich viel zu viele Nächte meines Lebens verbracht. »Meinen Sie, Sie werden trotz allem schlafen können?« fragte er mich, als wir die breite Treppe hinaufgegangen waren, am großen viktorianischen Schaukelpferd vorbei, und vor meinem Zimmer standen.

»Ich hoffe, Jeremy, ich habe nicht umsonst den ganzen Wein getrunken.« Wir lachten. »Wenn die Bilder zu bedrohlich werden, dürfen Sie gerne bei mir klopfen. Gute Nacht. Ich fand Sie heute nachmittag bewundernswert.« Ich stellte mich auf die Zehenspitzen und gab ihm einen schwesterlichen Kuß auf die Wange.

Es war schließlich Gallagher, der etwa eine Stunde später an meine Tür klopfte. Ich mußte gerade eingeschlafen sein und schreckte auf. »Ja?« Er war in Hose und Unterhemd und machte die Tür hinter sich zu. Ich saß aufrecht im Himmelbett und dachte einen Moment, ich träumte.

»Entschuldigen Sie bitte die Störung, aber ich glaube, wir müssen jetzt sofort los.«

»Wie bitte? Kommen Sie, was ist denn passiert?« Er setzte sich auf die Bettkante und strich sich nervös die Haare aus dem Gesicht, ohne mich anzusehen. Da ich nackt war, hatte ich die Bettdecke bis fast unter mein Kinn gezogen. Irische Schicklichkeit ist ansteckend.

»Es ist meine Schuld. Ich hatte das Handy ausgeschaltet im Zimmer gelassen, als wir unten waren. Ich hätte es dabeihaben müssen. Man versuchte mich seit kurz nach neun zu erreichen. Ich war sogar schon fast eingeschlafen, als es mir einfiel und ich es wieder anstellte.«

»Jeremy, was ist passiert?«

»Sie haben heute abend eine weitere Leiche am Fuße des Dun Anghus gefunden.« Ich schloß die Augen. Das konnte nicht wahr sein. Ich öffnete sie wieder. Jeremy saß zusammengesunken neben mir. Schließlich überzeugte ich ihn, daß es sinnlos und gefährlich sei, im völlig übermüdeten Zustand jetzt um fast zwei Uhr nachts aufzubrechen. Statt dessen sollte er einen Helikopter nach Temple House für sieben Uhr ordern und mit ihm auf dem schnellsten Weg nach Inish Mór fliegen. Ich würde das Auto zurück nach Connemara fahren. Schneller sei er anders auch nicht da, aber so wäre er ausgeschlafener und vielleicht auch lebendiger. Die grauenvollen Ereignisse der letzten Zeit hatten meine Gehirnfunktion doch nicht gänzlich zum Erlahmen gebracht. Ich konnte noch praktisch denken. Er sah es ein und bestellte den Helikopter. Den Rest der Nacht ruhte er auf der Chaiselongue zu Füßen meines Himmelbetts. So fanden wir beide in den Schlaf.

Nachdem ich das Auto am nächsten Mittag im Renvyle House Hotel abgeliefert hatte, übergab man mir dort ein verschlossenes Fax von Gallagher aus Inish Mór. Einen Moment zögerte ich und atmete tief durch. Dann riß ich den Umschlag auf und las. Der Tote war Seamus, der Archäologe. Es gäbe einen Brief von ihm, den er für die Polizei auf Inish Mór hinterlegt hatte. Den Inhalt des Briefes wolle er zu diesem Zeitpunkt nicht bekanntmachen, da die weiteren Ermittlungen noch nicht abgeschlossen waren. Doch könne man im Falle Seamus von Selbstmord ausgehen. Mit etwas Glück ständen sie kurz vor dem Abschluß des Falles. Ich war verblüfft und fühlte mich trotz allem erleichtert. Doch was bedeutete ›mit etwas Glück ständen sie vor Abschluß des Falles‹? Hatte Seamus' Abschiedsbrief Hinweise auf den Verbleib der Sheelaghs gegeben? Hatte er die Verbindung zu Letterfrack und dem Mord an Mary McCabe erhellt? Wußte Seamus schon von der Ermordung Liams? Oder war er der Schuldige? Ich mußte wohl auf die Rückkehr Gallaghers warten, um Antworten auf diese Fragen zu erhalten. Und auch dann konnte ich nicht sicher sein, daß der Kommissar sie mir geben würde.

Ich rief den Priester vom Hotel aus an. Keane war da und bot sich an, mich abzuholen. Eine halbe Stunde später war er da. Ich erzählte ihm vom Mord an Liam und was ich in Leitrim gesehen hatte und den Grund für Gallaghers Aufenthalt auf der größten Aran-Insel, ohne dabei Seamus' Abschiedsbrief zu erwähnen. Father Keane wirkte schon bei seiner Ankunft niedergeschlagen. Meine Neuigkeiten gaben ihm den Rest. Wir hatten uns vor dem Kamin im Foyer des Hotels mit einer Kanne Tee und Keksen niedergelassen. Draußen regnete es seit Stunden in Strömen. Die Wolken hingen tief über den Bergkuppen Connemaras und hatten sich so dicht zusammengezogen, daß kein blaues Loch zwischen ihnen entstehen konnte. Es sah so aus, als würden sie nie mehr den Blick auf den blauen Himmel über ihnen freigeben wollen.

»Es muß ein Ende haben, Doris.« Father Keane flüsterte fast. Seine voluminöse Stimme, die zu seinem Körper paßte, war zusammengeschrumpft. »Hier ist etwas sehr Böses im Gange, das offenbar nicht mehr kontrollierbar ist.« Priester, so war mir aufgefallen, sind eher bereit, Begriffe wie das Böse oder das Gute, wie Gnade oder Verdammnis zu benutzen als wir anderen Zeit-

genossen des ausklingenden zwanzigsten Jahrhunderts. »Entzieht sich das Böse nicht immer jeglicher Kontrolle, Father?« Er schien mich nicht zu hören, denn er antwortete nicht.
Statt dessen goß er sich eine weitere Tasse Tee ein und verdünnte sie mit heißem Wasser aus einer anderen Kanne.
»Das hier, unsere kleine Welt hier, die ist nie perfekt gewesen, so wie man es sich wünschen würde. Es gibt Streitigkeiten um Land, um Geld, Unglück in den Ehen und den Familien. Es gibt Gewalt, ja, es gibt auch Gewalt, die sich die Menschen hier gegenseitig antun. Als Priester kommst du rum, Doris. Und alle Familien, alle Menschen hier haben ihre, sagen wir mal, unredliche oder häßliche Seite. Ich auch.« Er schaute mich an. Als wartete er auf eine Frage von mir. Doch ich stellte sie ihm nicht.
»Aber was seit dem Mord an Mary McCabe hier passiert, besitzt eine andere Qualität. Ich drücke das bewußt so gewählt aus. Mir fehlen die Worte, Doris. Ich kann nur wiederholen, es ist böse, böse, böse.« Ich bat ihn, mit mir in die kleine Kirche in Renvyle zu gehen, und er willigte sofort ein. Kurz darauf saßen wir fröstelnd in der ersten Reihe auf den Holzbänken vor dem Altar. Der Innenraum der kleinen Kirche war fast dunkel, obwohl es früher Nachmittag war. Lange sagten wir beide nichts.
»Father, warum …«, ich zögerte mit der Frage, die mich den ganzen Morgen auf der Fahrt von Temple House hierher beschäftigt hatte. »Ja?« Er sah mich von der Seite an.
»Father, warum ist Ihrer Meinung nach diese Sheelagh noch hier?« Er antwortete nicht.
»Überall verschwinden sie, in Tipperary, in Südconnemara, die letzte nun dreihundert Kilometer nördlich in Leitrim. Alle Anzeichen sprechen dafür, daß der oder die Täter aus dieser Gegend stammen.« Ich hielt inne und schaute ihn wieder an. Keane nickte. »Ja, alle Anzeichen sprechen dafür. Das ist es, was ich vorhin meinte, Doris. Das Böse …« Ich unterbrach ihn, »der Böse, sollte man nicht eher sagen, der Böse, Father?«
»Nein, das meine ich nicht. Das Böse ist im Menschen, der

Mensch ist nicht von sich aus böse.« Ich überlegte, ob ich mich mit dem Priester auf eine theologische Diskussion einlassen wollte. Während ich noch unschlüssig war, sprach er weiter. »Heutzutage nennen es Psychologen und Sozialarbeiter Anlagen und soziale Umstände, die einen Menschen in die eine oder andere Richtung treiben und sich entwickeln lassen. Ich spreche dem nicht jegliche Berechtigung ab. Aber trotzdem glaube ich eher, daß wir alle im Kern gut sind, jedoch das Korn, den Samen für das Gegenteil in uns tragen. Das mögen Kleinigkeiten sein, wie unseren Nächsten ärgern zu wollen oder Neid oder Mißgunst auszuleben. Dieses Korn kann jedoch auch lange unbemerkt in uns keimen und eines Tages eine zerstörerische Saat zum Ausbruch bringen.« Seine Stimme hatte, wie mir auffiel, in den letzten Minuten wieder an Fülle gewonnen.

Father Keane schien auf dem besten Wege zu einer Predigt zu sein. »In Gott sei Dank nur sehr seltenen Fällen nagt diese Saat das Gute im Menschen an und frißt es schließlich auf wie ein Krebsgeschwür, das Besitz von den gesunden Zellen im Körper ergreift. Es kontrolliert den Menschen und seine Seele dann vollständig, er ist besessen vom Bösen.«

»Hat der Mensch dann keine Wahl mehr, Father? Kommt ihm irgendwann die Fähigkeit, sich gegen das Zerstörerische zu entscheiden und das Erhaltende zu wählen, abhanden?« Der Priester war aufgestanden, hatte mich an der Hand mit hochgezogen und ging langsam auf die Sakristei zu. »Vermutlich. Ich bin mir darüber nicht ganz im klaren, obwohl ich viel darüber nachgedacht habe. Irgendwann muß der Zeitpunkt zur Umkehr verpaßt worden sein. Irgendwann ist das Besessensein so stark, daß nichts anderes mehr zählt, auch kein Menschenleben. Laß uns noch mal die Sheelagh besuchen.« Wir blieben vor der Mauer stehen. Es war wie immer schwer, ihre Gestalt im Düsteren auszumachen. »Wie Sie das eben gesagt haben, Father.« Er war einen Schritt näher an die Figur herangetreten. »Was meinst du, Doris?«

»Wie Sie gesagt haben ›besuchen‹, als sprächen Sie von einer wirklichen Person.« Er wandte sich zu mir. »So? Habe ich das?« Ich nickte. Er lächelte. »So könnte ich auch davon reden, daß der Dieb die Sheelaghs eher entführt, als daß er sie stiehlt.«
»Das würde passen, Father.«
»Ich habe eben zu allen Dingen in meiner Kirche ein eher persönliches Verhältnis, daran wird es liegen, daß ich so rede.« Ich antwortete ihm nicht. »Was fasziniert diesen Menschen so an dieser Figur?« Der Priester schien wieder eher mit sich selbst als mit mir zu reden. »Können Sie sich das selbst als katholischer Seelsorger nicht vorstellen?«
»Doch, ich kann mir viel vorstellen. Vorstellen eben. Die wahrscheinlichste Erklärung wäre natürlich Geld. Er oder sie, mehrere, verhökern sie irgendwohin.«
»Wenn das so wäre, Father, widerspräche das völlig der Tatsache, über die wir uns beide wundern, daß diese Sheelagh noch an Ort und Stelle ist. Hier bringt sie keinen Penny.«
»Stimmt.«
Mir kam ein anderer Gedanke in den Kopf. »Wie geht es eigentlich Ihrem Verwandten in Sligo, zu dem Sie vorgestern gerufen wurden? Ich wollte Sie an dem Abend besuchen, und Mary erzählte mir von Ihrer plötzlichen Abreise.« Keane schaute mich prüfend an. »Nicht gut. Ein Vetter von mir. Er hat Krebs im Endstadium und seine Frau dachte, es geht zu Ende. Aber es war noch nicht soweit, und ich konnte nicht länger als bis zum Morgen bleiben. Doch es wird nicht mehr lange dauern, denke ich.«
»Das tut mir leid.« Wir standen immer noch vor der Sheelagh. »Kannten Sie eigentlich Liam Cullen, den Lehrer aus Westport?«
»Nein.« Seine Antwort kam eine Spur zu rasch, fand ich. »Das heißt, doch. Ich habe sein Bild heute in der Zeitung gesehen und erinnerte mich, daß ich ihn schon einmal hier gesehen hatte. Vermutlich war er bei der Schulklasse aus Westport mit dabei, die damals hier das Camp veranstaltet hat.«

Langsam gingen wir nun auf den Ausgang zu. Plötzlich blieb Keane stehen. Seine Gesichtszüge waren angespannt, als ich verwundert zu ihm hochschaute. »Was haben Sie?«
»Mir kam gerade ein Gedanke. Den hatte ich zwar früher schon, doch ehrlich gesagt, habe ich ihn auch lieber verscheucht. Es könnte die Antwort auf unsere Frage sein.« Ich biß mir auf die Unterlippe.
»Wenn der Täter von hier stammt und er unsere Sheelagh bis jetzt an Ort und Stelle gelassen hat, wo sie ihm, wie du sagst, keinen Penny bringt, gibt es dafür nur zwei mögliche Erklärungen.«
Wir kamen der Sache näher, registrierte ich. Ich gab die erste Antwort. »Es geht ihm nicht ums Geld.«
»Richtig. Zweitens: Wenn es ihm nicht ums Geld geht, sondern um sie, dann hat er es bis jetzt nicht für nötig gehalten, sie zu rauben aus dem einfachen Grund, daß er sie jederzeit besuchen kann. Oder sagen wir fast jederzeit, bis ich beschloß, die Kirche zu bestimmten Tages- und Nachtzeiten abzuschließen.« Er beobachtete meine Reaktion. »Stimmt«, pflichtete ich ihm bei, »er kann sie an Ort und Stelle lassen. Und wer außer Ihnen hat noch einen Schlüssel zu der Kirche?« Keane überlegte einen Moment. »Außer mir und dadurch natürlich auch Mary, meine Haushälterin, hatte nur Mary McCabe die Schlüssel.« Wir schauten uns lange an. »Und haben Sie die wiederbekommen nach ihrem Tod?« Langsam schüttelte er den Kopf und kratzte sich am Hals und an seiner Soutane. »Die habe ich glatt vergessen. Aber ich werde mich umgehend darum kümmern. Und ich habe eine hervorragende Idee, Doris!« Meine Augenbrauen blieben zusammengezogen. »Warte es ab. Dieser Einfall ist hervorragend!« Seine Augen funkelten plötzlich. Selbst in der düsteren Kirche konnte ich das Sprühen in seinen Augen deutlich erkennen. Mir war nicht sehr wohl zumute, als wir wieder in den Regen nach draußen traten. Und das lag nicht am Wetter.

Als wir in Letterfrack auf die Straße nach Leenane abbiegen wollten, sah ich den grünen Volvo vor dem Kulturzentrum auf dem Parkplatz stehen. Ich bat den Priester, mich hinauszulassen. Irgendwie würde ich schon nach Hause kommen. »Und wer fährt den Wagen heute?« fragte er mich gutgelaunt. Seit seiner »Idee«, wie er es nannte, war, so hatte ich bemerkt, seine Stimmung beträchtlich gestiegen. Ich zuckte die Schultern, muß aber nicht besonders gleichgültig ausgesehen haben. »Engel oder Teufel?« Ich versuchte zu lächeln, und er winkte mir zum Abschied durchs Fenster. Der alte weiße Wagen bog ab. Ich schlenderte über den Parkplatz. Da ich nicht wußte, wo sich der Fahrer des Volvos in dem weitläufigen Gebäude aufhielt, das bis zu Anfang dieses Jahrhunderts ein in Connemara gefürchtetes Arbeitshaus für Jungen gewesen war, die man auf der Straße aufgegriffen hatte, beschloß ich, mich auf die Treppe zu setzen und zu warten. Zwar regnete es immer noch, aber ich hatte meinen grünen Regenmantel an und der Rest von mir war so naß, daß weitere Flüssigkeit von oben nicht mehr ins Gewicht fallen würde. Ich hoffte, es wäre John, doch es war Jürgen, der nach etwa zehn Minuten durch die Tür kam. »Willst du noch wachsen?« Er schaute mich belustigt von der obersten Stufe aus an. Ich hatte den Kopf in den Nacken gelegt. »Meinst du, ich hätte noch eine Chance?« Ich stand auf. »Komm, wir trinken einen heißen Tee bei mir.« Ich hinterließ im Volvo blitzschnell eine Pfütze um meine Schuhe. »Welch ein Wetter!« Jürgen ließ den Motor an. »Sag mal, hast du das von Liam gelesen?« Ich selbst hatte zwar noch keine Zeitung an dem Tag gesehen, doch erinnerte ich mich an Keanes Worte. Es muß groß in allen Zeitungen gestanden haben. Jürgen nickte, sagte aber kein Wort. »Ihr wart doch miteinander befreundet, oder?«

»Hm. Nicht eng, aber man kannte sich halt.« Mir schien die Bekanntschaft näher gewesen zu sein, als er es jetzt hinstellte, aber vielleicht versuchte er auch, so mit dem Schock klarzukommen. Von was auch immer er herrühren mochte.

»Ich hatte natürlich keinen Schimmer, daß er in so etwas verwickelt war.« Ich bat ihn, das ›so etwas‹ näher zu erläutern, da ich selbst noch nichts darüber gelesen hatte.

»Na, Archäologieraub oder wie man so einen Schwachsinn nennt. Genaues stand ja auch nicht in der Zeitung, nur daß vermutet wird, daß er selbst in diese Sache verwickelt gewesen sei. Er hätte sonst kaum einen guten Grund dafür haben können, sich mitten in der Nacht weit entfernt von seinem Wohnort in einer Dorfkirche herumzutreiben, oder?« Wir waren angekommen und huschten schnell ins Haus. Jürgen setzte den Kessel auf und stellte zwei große blaue Tassen auf den Tisch. »Hast du Hunger?« Ich horchte kurz in mich hinein, aber er hatte schon leckeres irisches Krümelbrot, Butter, Käse und Honig hingestellt. Die Rosen von vor zwei Tagen berührten allmählich mit ihren vollgeöffneten schweren Blüten die Tischplatte. Ich setzte mich und beobachtete ihn genau.

»Was stand noch in der Zeitung?«

»Das war's schon fast. Daß er wohl in Geldschwierigkeiten gewesen sei, wahrscheinlich mit einem Komplizen da oben gewesen war, der dann die Figur alleine abtransportierte.«

»Nach dem Mord an Liam.« Sein Blick begegnete meinem forschend. »Na klar, die Reihenfolge läßt kaum einen anderen Schluß zu. Daß die anderen Sheelagh-Diebstähle in der letzten Zeit vielleicht auch auf sein Konto gingen und, ach ja, das war noch ganz interessant ...«, er hatte innegehalten und schaute mich durchdringend, doch äußerst lieb lächelnd an: »Daß eine Deutsche aus Connemara ihn identifiziert hätte.« Mein Blick blieb ruhig, kühl, unbeteiligt. »Tatsächlich? Es gibt viele Deutsche in Irland, nicht wahr? Es ist schon lange ein Lieblingsland unserer Nation gewesen, Jürgen. Ich empfehle die Lektüre von Friedrich Engels und seiner Irlandreise: ›Die Dialektik der Natur‹.« Er schenkte mir Tee ein. »Und von Mary McCabe stand nichts drin?« Da verschüttete er den Tee, und ich hätte mir im gleichen Augenblick auf die Zunge beißen können.

»Nein. Wie kommst du darauf? Was soll Mary damit zu tun gehabt haben?« In seiner Stimme schwang plötzlich eine Unsicherheit mit, die ich erst einmal zuvor an ihm registriert hatte, und zwar an dem Abend in der Kneipe in Tully, an dem ich Liam und Doble kennengelernt hatte. Ich wechselte abrupt das Thema und griff nach einem Stück Brot, das ich mit Cheddar-Käse belegte.
»Ich war euch übrigens vorgestern abend besuchen. Ein ganz spontaner Einfall, um dich und John in die Kneipe abzuschleppen. Leider wart ihr beide ausgeflogen.« Wieder traf mich sein Blick, und ich merkte, wie unangenehm er mir war. Nicht, daß ich nicht gut lügen konnte oder Probleme hatte, die Harmlose zu spielen. Es gab sogar Momente, da kostete ich solche Situationen aus. Dieser gehörte nicht dazu. Jürgen hatte sich zu mir gesetzt, nachdem er den Tee vom Tisch gewischt hatte, und drehte seine Tasse in den Händen.
»Weißt du was«, er hatte die Stimme gesenkt, »ich war mit Liam in Leitrim, Sheelaghs entführen.« Er nahm einen großen Schluck und schaute mich mit seinen blauen Augen über den Tassenrand an. Mein Herz schlug. »Ach?«
»Du glaubst mir nicht? Na gut, dein Glauben an das Gute im Menschen ehrt dich. Sagen wir es mal so. Ich *könnte* sagen, ich war mit Liam in Leitrim, um jemand anderem aus der Patsche zu helfen bzw. zu verhindern, daß er hineingezogen wird. Auch eine Möglichkeit. Vielleicht glaube ich ja auch an das Gute im Menschen. Letztendlich.« Diesmal hielt er den Blick gesenkt, als er einen weiteren Schluck Tee nahm. Ich sagte nichts. Das Käsebrot blieb vorerst liegen.
»Also gut«, er lachte plötzlich. »Ich bin angeln gefahren. Auf dem Corrib bis in die frühen Morgenstunden. Dann habe ich im Auto gepennt und war zum Frühstück wieder hier. Die drei toten Fische sind meine Zeugen. Wo John war, weiß ich nicht.«
»Ich war nicht weg. Ich war hier, den ganzen Abend.« Ich erstarrte. John mußte die ganze Zeit oben gewesen sein und betrat

nun die Küche. Ohne uns anzusehen, nahm er sich eine dritte Tasse aus dem Schrank, schenkte sich ein und setzte sich zu uns. Es war wie beim ersten Mal, als ich die beiden besuchte. »Hallo, Doris.« Ich brachte keinen Ton heraus. »Wann warst du denn hier?« fragte John, ohne einen von uns anzusehen. Irgendwo mußte meine Stimme sein. Sie war heiser, als ich sie endlich wiederfand. »Gegen halb zehn.«

»Hast du geklopft oder geklingelt?« Ich log und nickte. »Ich bin früh zu Bett gegangen an dem Abend und hab' wahrscheinlich schon tief geschlafen, als du kamst. Schade.«

Jürgen schaute uns abwechselnd an. Die Stimmung im Raum war höchst unangenehm. »Hört man die Klingel nicht, da wo du schläfst?«

Ein klein wenig Hoffnung. Jürgen antwortete. »Wir haben beide unsere Schlafzimmer im ersten Stock. Da hört man sie normalerweise sehr gut.«

»Nicht, wenn man tief schläft.« Johns Stimme war plötzlich scharf und schneidend geworden. So hatte ich sie noch nie gehört. Zwei, vielleicht alle drei von uns logen. Von zweien wußte ich es mit Sicherheit. Und ich gehörte dazu. Kurz darauf bat ich, mir ein Taxi zu bestellen. Selbst in einem Dorf wie Letterfrack gab es immer jemanden, der sich mit kleinen Fahraufträgen ein Zubrot verdiente. Doch John bot an, mich zu fahren, und ich nahm sein Angebot an. Jürgen räumte das Geschirr in die Spüle. Irgend etwas schien ihn zutiefst verärgert zu haben.

Die Fahrt zu mir durch den Regen verlief zunächst schweigend. Ich hielt meinen Kopf abgewandt, meine Augen versuchten die dichten Dunstschleier der Wolken, die fast die Erde streiften, zu den Bergen Connemaras zu durchdringen. In meinem Kopf hatten sich ebenfalls Schleier auf mein Gemüt herabgelassen. Sollte ich John damit konfrontieren, daß ich wußte, daß er gelogen hatte? Ihm offenbaren, daß ich an jenem Abend im Haus

in beiden Schlafzimmern gewesen war und niemanden schlafend oder wach angetroffen hatte? Ich mußte an Liam denken, an seinen zertrümmerten Schädel. Würde mich mein Wissen, wenn ich es ihm mitteilte, nicht auch höchster Gefahr aussetzen? Dann kam mir unsere Umarmung auf dem Mweelrea wieder in den Sinn, ins Herz. Und es gab mir einen Stich. Offenbar war ich immer noch in ihn verliebt. Die Gefühle für ihn waren für mich in keiner Weise geklärt. Sie hatten lediglich durch die Ereignisse der letzten Tage einen noch düstereren Umhang bekommen. Ich war an jenem Abend nach dem mißglückten Mahl bei Rory Daly zu ihm gefahren mit der Absicht, das Verhältnis zwischen uns beiden zu klären, zumindest einen Versuch in diese Richtung zu unternehmen. »John«, er fuhr schweigend weiter. Ich nahm meinen gesamten Mut zusammen. »Das, was zwischen uns auf dem Berg passiert ist, welche Bedeutung hat das für dich?« Es war heraus. Wenigstens eine der Unklarheiten, die mich bedrückten. Lange sagte er nichts, schaute auch nicht zu mir herüber, schaltete nur die Gänge runter, dann wieder hoch.
Nach ein paar Minuten verlor ich die Geduld. Er ließ mich alleine, ich sprach vor eine Nebelwand, wie die, die uns draußen umgab.
»Ich habe dich etwas gefragt, John.«
»Ich habe es gehört. Ich weiß es nicht. Ich kann keine Antwort darauf geben.«
»Du möchtest nicht antworten, weil du mich nicht verletzen willst, nur, indem du es nicht tust, verletzt du mich noch mehr.«
»Das tut mir leid, ich will dich wirklich nicht verletzen, wirklich nicht.« Er hörte sich so an, daß ich ihm gerne glauben wollte, daß er es nicht bewußt tat, nur half es mir nicht.
»Möchtest du nicht wissen, welche Gefühle du bei mir ausgelöst hast, John?« Stille. »Nein, eigentlich nicht.« Neben mir saß ein völlig gefühlloser Mann, so jedenfalls empfand ich ihn. Oder jemand, der völlig den Kontakt zu Gefühlen verloren hatte, zu seinen eigenen wie zu denen von anderen. Nun wußte ich nicht

mehr weiter. Was gab es denn noch zu sagen? Schweigend fuhren wir durch den dichten Regen und bogen nach Leenane ein. Am liebsten hätte ich ihn gebeten anzuhalten, wäre hinausgesprungen in den Regen und den Rest zu Fuß gelaufen, naß war ich eh schon. Nur weg von ihm, weg von dieser geballten Unfähigkeit, sich mit den Gefühlen anderer, die man selbst ausgelöst hatte, und den eigenen Gefühlen auseinanderzusetzen. Doch ich blieb wie angenagelt sitzen.

»Ich dachte, du hättest mich zumindest ein bißchen gern«, hörte ich mich leise sagen. Warum sagte ich das überhaupt noch, war ich verrückt? Der Wagen hielt vor meinem Haus. Er hatte sich zu mir gedreht und blickte mich an. Schwarze Augen, sanfter Mund.

»Ich habe dich mehr als nur ein bißchen gern. Glaub mir das.«

Ich schluckte, kein weiterer Ton von mir. Nur über meine Leiche.

»Es gibt im Moment so viele andere Dinge, die mich bewegen und bedrücken. Ich habe einfach nicht die Kraft für alles.«

»Und das mit uns ist dir nicht wichtig genug, ich verstehe. Also dann. Ich denke, ich habe es wirklich verstanden, John. Lassen wir es dabei.« Ich knöpfte den Regenmantel zu und wollte aussteigen. Da hielt er mich zurück. Hielt mich mit beiden Händen an den Schultern fest.

»Es geht nicht, jedenfalls jetzt im Moment nicht, bitte, Doris!«

Ich zögerte einen Moment. Sollte ich ihm doch sagen, daß ich wußte, daß er vorgestern abend nicht zu Hause gewesen war, schlafend, wie er behauptet hatte? »John, du hast anscheinend ein Problem. Ein großes Problem.«

John nickte, schaute wieder nach unten. »Und du kannst mir nicht sagen, was es ist, mir nicht noch irgend jemand anderem?«

Seine langen Haare flogen hin und her. Stille.

»Hat es etwas mit Archäologie zu tun?« Ich fing seinen überraschten Blick auf. »Mit Archäologie?« Seine Augen hatten sich verengt. Mir gefielen diese Augen nicht mehr. »Ich weiß nicht, was du meinst.«

»Was ich meine, John? Was weiß ich, was ich meine? Hier pas-

sieren undurchsichtige Dinge um die Ausgrabungen am Dun Anghus, die zwei Menschen bereits den Tod gebracht haben. Hier wird eine Frau aus dem Dorf, Mutter und Farmerin, plötzlich erdrosselt. Ein weiterer Mann von hier wird umgebracht, und es verschwindet eine Sheelagh Na Gig nach der anderen. Das meine ich mit Archäologie, John!« Er ließ meine Schultern los. Kraftlos sanken seine Arme herunter in seinen Schoß. »Ich habe keine Ahnung von Archäologie, und Sheelagh Na Gigs interessieren mich noch weniger.«
»Lügner!« zischte ich und öffnete die Wagentür. Hinter mir keine Reaktion. Ich warf die Tür zu und rannte zum Tor. Als ich kurz darauf die Haustür aufschloß, hörte ich, wie das Auto ansprang, wendete und wegfuhr. Ich bereute das letzte. Leider fällt es mir schwer, in bestimmten Situationen an mich zu halten, und ich merke, wie ich entgegen besserem Wissen das letzte Wort haben muß.

Er sah die Figur prüfend an. In seiner Hand hielt er eine Kerze. Sein Blick folgte den Konturen der Sheelagh. Das Gesicht war eine Fratze mit gebleckten Zähnen. Der Hals schien einer Röhre nachempfunden. Die Brüste standen zu beiden Seiten in unterschiedlicher Form und Größe ab. Die rechte Brust wies zwei Brustwarzen auf. Die Finger der Sheelagh spreizten eine klaffende Vulva. Er trat näher, schaute wieder auf die Fratze. Der Kopf war eigenartig dreieckig aus grauem Stein gehauen. Noch vor wenigen Tagen hatte sie in der Wand der kleinen Kirche in Buckode in County Leitrim gehangen. Dann hatte man sie geraubt, entführt, befreit? Sie ihren Schwestern vorgestellt. Sie war hier. Ihm lief ein Schauer über den Rücken. Er erinnerte sich, was während des Raubs in der Kirche passiert war. Es mußte ein Ende haben. Und er war bereit, dafür weiter zu gehen, als er es sich jemals vorgestellt hatte. Kein Preis war zu hoch für das, was er vorhatte. Er löschte die Kerze.

Später am Abend versuchte ich den Kommissar im Hotel zu erreichen. Doch man richtete mir aus, daß er noch nicht aus Galway oder von den Aran-Inseln zurückgekehrt war. Ich grübelte.
Was steckte hinter seiner Andeutung, daß er kurz vor dem Abschluß des Falles stände? Welchen Falles? Warum war er nicht in Tully, Renvyle oder Leenane? Hier gab es einen Fall. Oder einen Teil von ihm. Ich fühlte mich hundeelend. Das Verhalten von John vergrößerte meine Verzweiflung, und es verletzte mich. Die Verletzung drang in jede Pore meines Körpers. Sie durchstach meinen Schutzwall, den ich mir nach drei gescheiterten Ehen kunstvoll wie eine Trockensteinmauer aufgeschichtet hatte. Meine Wunde am offenen Herzen klaffte häßlich und ließ sich nicht schließen. Egal, was ich versuchte und wie ich es versuchte. Warum log er? Er konnte nicht ahnen, daß Jürgen mir erzählt hatte, daß sie sich vor Jahren bei archäologischen Ausgrabungen kennengelernt hatten. Noch weniger konnte er von meinem verstohlenen Besuch in seinem Schlafzimmer wissen. Er wußte also nicht, daß ich wußte, daß er log. Das heißt, ich hatte es ihm zum Schluß auf den Kopf zugesagt. Brachte mich das in Gefahr? Warnte es ihn? Meine Gedanken tanzten im Kreis.
Das Telefon schellte. Bevor ich abnahm, schaute ich auf die Uhr. Noch nicht Mitternacht, aber kurz davor. Ich erwartete, die Stimme des Dubliner Polizisten zu hören. Vielleicht sehnte ich mich sogar danach. Aber es war Mary. Father Keanes Haushälterin. Sie entschuldigte sich bei mir für die Störung und fragte, ob der Priester zufällig bei mir sei. Als ich verneinte, merkte ich zum erstenmal, wie bestürzt ihre Stimme klang. »Vermissen Sie ihn denn?«
Dumme Frage von mir. Ich war eindeutig nicht auf der Höhe. Es stellte sich heraus, daß Father Keane seit dem Nachmittag, eigentlich seitdem er mich in Letterfrack abgesetzt hatte, nicht mehr gesehen worden war. Zunächst hatte sich Mary keine Sorgen gemacht. Der Priester war gewöhnlich viel in der Gemein-

de unterwegs und hinterließ auch nicht immer seine genauen Aufenthaltsorte. In seinem Terminkalender, den er seit ein paar Jahren führte, hatte Mary auch keine Eintragungen für den Nachmittag gefunden. Unruhig wurde sie erst, als die Nachbarin gegen halb sieben zu ihr gelaufen war und anfragte, ob der Priester krank sei, da er nicht zur Messe erschienen war. Sie hatte versucht, das Ausbleiben des Seelsorgers mit einer plötzlichen Abberufung zu einem Schwerkranken vor der Gemeinde zu erklären, und sich entschuldigt, daß es ihr durchgegangen sei, sie rechtzeitig über den Ausfall der Messe zu unterrichten.

Dann habe sie auf einen Anruf von Father Keane gewartet. Vielleicht hatte er wieder auf abgelegener Straße eine seiner dummen Autopannen, weitab von Telefonen und freundlichen Helfern. Als Mary nach neun immer noch nichts von ihm gehört hatte, hatte sie angefangen, sich richtig Sorgen zu machen. Um zehn habe sie in Renvyle House Hotel eine Nachricht für den Kommissar hinterlassen, um elf habe sie begonnen zu weinen, und eigentlich hatte sie nicht erwartet, ihn im fröhlichen Plausch kurz vor Mitternacht noch bei mir aufzustöbern, sondern eher meinen Beistand erhofft. Ich registrierte während Marys detaillierter Schilderung ihrer immer stärker werdenden Sorge um den Priester, wie meine Beine zitterten. Ich setzte mich, den Telefonhörer in der linken Hand verkrallt.

Das konnte nicht wahr sein. Sofort fiel mir Keanes »Idee« ein, seine Entschlossenheit, das Böse ein für allemal auszurotten, ihm aufzulauern, es zu stellen, um es der irdischen Gerechtigkeit zuzuführen. Der Herrgott würde für den Rest sorgen. Father Keane allein, vom lieben Gott verlassen, gegen das Böse in Connemara. Gegen den Bösen von Tully …

Die feinen Härchen auf meinem Rücken und den Armen stellten sich auf. Ich sprach Mary halbherzig Trost zu, denn im Grunde war ich noch alarmierter, als sie es sein konnte. Immerhin wußte ich, daß der Priester etwas vorhatte. Wir versicherten uns gegenseitig, uns beim Auftauchen Father Keanes umgehend zu informieren. Ich legte auf und starrte ins Leere. Mir kamen seine scherzhaften Engel-Teufel-Bemerkungen wieder in den Sinn. Hatte ihn der Teufel erwischt? Hatte er ihn an der schwarzen Priesterkutte bis auf den Grund des abgründigen Doo Lough gezerrt? Wie kam ich auf den See? Ein blonder Teufel. Ein schwarzhaariger. Entsprach der Teufel seinem Klischee, oder war er seine eigene Negation?

Schließlich entschloß ich mich, Garda in Galway anzurufen und mich umgehend mit Gallagher verbinden zu lassen. Es dauerte ein paar Minuten, bis er an den Apparat kam. Ich hatte in der Zwischenzeit fein säuberlich den linken kleinen Finger und den Mittelfinger von einem nicht sehr langen Nagelüberschuß befreit. Eine Angewohnheit, die bei mir normalerweise keine ist. Doch Normalität war schon länger Ausnahmezuständen, in die ich mich teilweise selbst katapultiert hatte, gewichen.

»Doris?« Gallagher klang müde.

»Ja. Wann können Sie kommen?«

»Wenn ich fertig bin, morgen wahrscheinlich. Wieso?«

»Father Keane ist seit heute nachmittag spurlos verschwunden.«

Am anderen Ende stöhnte es. »Großer Gott«, kam es schließlich von ihm. »Vielleicht hilft der ihm noch. Aber Jeremy, ich habe kein gutes Gefühl, wirklich.«

Es entstand eine Pause. »Ich auch nicht, Doris. Überhaupt nicht. Ich komme, sobald ich kann. Ich bin noch mitten im Verhör von Sylvia O'Flaherty.«

»Oh, die Erdmutter in Polizeigewahrsam?«

»Welche Erdmutter?«

»Ach, lassen wir's. Ich erkläre Ihnen das später. Jedenfalls hat sie dann nicht den Jesuiten entführt.«

»Nein, hat sie nicht. Wir haben sie und ihren Komplizen Francis Doble am Nachmittag verhaftet.«

»Wegen Archäologieraubs?«

»Nein. Was die erst verbuddelt und dann verhökert haben, ist leider sehr zeitgemäß, um das mal so zu formulieren.«

»Und das wäre?«
»Heroin. In größeren Mengen.«
Ich pfiff durch die Leitung.
»Und die Codenamen, unter denen das Ganze ablief, werden Sie noch lauter pfeifen lassen.«
Ich schwieg.
»Sind Sie noch dran, Doris?«
»Ja. Sagen Sie es mir?«
»Ich kann es gar nicht abwarten, es Ihnen zu sagen. Sie benutzten abwechselnd Sheelagh und Cathleen.«
Darauf konnte ich nichts mehr pfeifen.

Ich schlief keine Minute in dieser Nacht. Am nächsten Morgen war Father Keane immer noch nicht wieder aufgetaucht. Ich hatte mit Mary telefoniert und ihr versprochen vorbeizukommen. Auf dem Weg nach Letterfrack entschloß ich mich, bei John vorbeizuschauen. Ich mußte ihn sprechen. Warum hatte ich mich nicht in den netten Jürgen verlieben können? Der hatte mich gewarnt. Er hatte mir gesagt, daß John Frauen unglücklich mache. Volltreffer. Zum Teufel mit meinen Gefühlen! Ich fand nicht den Knopf, mit dem ich sonst immer alles, was mir nicht paßte, ein- und ausschalten konnte. Brachte ich deshalb John in Verbindung mit den grauenhaften Morden? Einen Mörder kann man nicht lieben. Das Unbewußte bietet hier eiskalt den Ausweg an.
Der grüne Volvo stand vor dem Haus. Ich schellte, rief laut Johns und Jürgens Namen. Als ich mich umdrehen wollte, um zurück zu meinem Auto zu gehen, öffnete eine junge Frau die Tür und schaute mich neugierig an. Ich war so verdutzt, daß ich nichts sagen konnte.
»Niemand da«, sagte sie freundlich zu mir. Ich hatte meine Stimme wiedergefunden. »Aber Sie sind doch da.« Ich stellte mich kurz vor, sie hieß Fiona und bat mich herein. Aus purer

Neugierde folgte ich ihrer Einladung. Daß sich einer der beiden ganz plötzlich eine nette, hübsche Irin als Freundin zugelegt hatte, war mir entgangen. Eifersucht kroch in mir hoch. Ich mußte wissen, zu wem sie gehörte. »Möchten Sie warten? Ich weiß nicht genau, wann sie zurück sind.« Ich erkundigte mich bei ihr, ob denn beide zusammen unterwegs waren. Das wußte sie nicht. Es war noch früh, um kurz nach neun Uhr morgens. Zu früh für einen Besuch. Sie mußte hier geschlafen haben. Ich bat, auf die Toilette gehen zu dürfen, eine halbe Treppe höher. Schließlich kannte ich mich aus. Rasend vor Eifersucht öffnete ich die Badezimmertür und schloß sie laut. Auf Zehenspitzen schlich ich zu den Schlafzimmern. Jürgens feines weißes Doppelbett war gemacht, unberührt, schoß es mir durch den Kopf. Hier hatte sie offenbar nicht geschlafen. Johns Tür stand halb auf. Ich blieb an der Schwelle stehen und starrte auf das kleine durchwühlte Bett. Ich schluckte. Hier mußten sie zusammen die Nacht verbracht haben. Blut schoß mir in den Kopf. Mir wurde übel. Mein Herz hämmerte. Haßerfüllt ließ ich meinen Blick durch das Zimmer streifen und ging danach langsam die Treppe hinunter. Ich mußte mich jetzt zusammennehmen. Mein Verhalten war lächerlich. Als ich die Tür zur Küche öffnete, war sie auf allen vieren und wischte den Fußboden. »Machen Sie sich nützlich?« Meine Stimme triefte vor Sarkasmus. Verwundert schaute sie mir von unten ins Gesicht. Dann lächelte sie. Jung war sie, engelsgleiches Antlitz, sie war schön. Ich merkte, wie Tränen in mir aufstiegen. Verzweifelt versuchte ich sie hinunterzuschlucken.

»Dafür bin ich schließlich hier«, entgegnete sie mir, die Bissigkeit meiner Bemerkung ignorierend. »Wie bitte?« Sie erhob sich anmutig und wischte die nassen Hände an ihren Jeans ab. »Na, dafür werde ich doch von den beiden bezahlt. Einmal die Woche von halb neun bis zwei.« Sie strahlte mich an. »Das ganze Haus, einmal Rundumschlag. Nur Johns Zimmer ist tabu. Da kann eh niemand treten vor lauter Kram. Haben Sie das mal

gesehen?« Sie lachte nun aus vollem Hals. Ich starrte sie fassungslos an. »Das Zimmer sieht aus wie das von meinem kleinen Bruder. Soll ich was ausrichten, falls einer von den beiden zurückkommt während meiner Arbeitszeit?«
Ich winkte ab, bedankte mich und versuchte, mich so schnell ich konnte wieder zu verdrücken.
»Du blöde, dämliche, eifersüchtige Ziege«, zischte ich mich auf dem Weg durch den Garten an. »Sichst frühmorgens eine junge Frau hier und hast nur einen Gedanken: Johns heimliche Geliebte.« Plötzlich blieb ich wie angewurzelt stehen. Die Eifersucht hatte mir zwar noch vor fünf Minuten völlig die Sinne vernebelt, doch nun lichteten sich die Dunstschleier und gaben wie die Wolken den Gipfel des Mweelrea mein funktionierendes Gehirn wieder frei. Ich durchforstete nochmals hochkonzentriert meine Erinnerungen und war mir danach absolut sicher: Das Poster mit der Sheelagh Na Gig, das ich vor wenigen Tagen an der Wand von Johns Zimmer entdeckt hatte, war verschwunden. Als hätte es nie existiert.

Mary saß vor mir auf dem grünen Plüschsofa des Pfarrhauses und weinte. Jeremy Gallagher hatte soeben die Personenbeschreibung des katholischen Priesters an die Dienststelle in Galway durchgegeben. Keane war nun seit fast vierundzwanzig Stunden verschwunden. Sein Körpermaß und Leibesumfang ließen sich nur schwer verstecken. Der hünenhafte Jesuit konnte nicht unauffällig untertauchen. »Mary«, wandte sich der Polizist an die Haushälterin, »haben Sie bemerkt, daß irgend etwas fehlt?« Er hatte versucht, so sanft wie möglich zu klingen. Sie schneuzte sich und blickte ihn verständnislos an. »Was sollte denn fehlen, Kommissar?« Ich ahnte, worauf er hinauswollte und war gespannt, wie er es anstellen würde, ohne Mary in noch größere Aufregung zu versetzen. Er setzte sich neben sie. »Es könnte doch sein, daß er in aller Eile, als Sie nicht hier waren,

zu einem fernen Verwandten gerufen worden ist und schnell ein paar Sachen eingepackt hat, um dorthin zu fahren.« Mary sah ihn skeptisch durch das Taschentuch an. »Das meine ich mit: fehlt irgend etwas. Wir müssen wirklich jeder Möglichkeit nachgehen.« Nun schüttelte die Frau energisch den Kopf. »Nichts fehlt. Auch das Set zur letzten Ölung ist an Ort und Stelle.«
Mein Blick fiel auf das Regal mit der Sprühflasche aus Plastik. Sie war noch halbvoll. »Holy Water« stand in geschwungenen Lettern unter dem Abziehbild Marias. Mary füllte immer wieder heiliges Wasser nach, wenn sie alle paar Monate zum Pilgerort Knock wallfahrtete und dort den heiligen Hahn aufdrehte. Danach versprühte sie es freigebig im Wohnzimmer, wenn Besuch kam. Father Keane hatte diese Maßnahme seit dem Einbau der Zentralheizung im Pfarrhaus wegen der trockenen Luft besonders geschätzt. Mary stand auf und ging in die Küche, um neuen Tee aufzusetzen.
»Sie waren sehr zartfühlend, Jeremy.« Er lächelte mich an. »Ich brauche ihr ja nicht unbedingt zu verdeutlichen, daß Keane nicht nur als mögliches Opfer gesucht wird. Obwohl sein Besuch bei dem krebskranken Verwandten in Sligo nachgeprüft wurde und stimmt.« »Er war die ganze Zeit am Bett des Kranken?«
»Das nicht. Nach Aussagen der Ehefrau legte er sich gegen elf hin und stand sehr früh wieder auf. Und Buckode ist mal gerade eine halbe Stunde mit dem Auto von dort.« Mein Gesichtsausdruck stellte die Frage.
Und er beantwortete sie. »Und die Alibis der beiden anderen sind nicht nachprüfbar. Federking war weit und breit der einzige Nachtangler, und niemand hat John anscheinend beim Schlafen zugeschaut oder war an dem fraglichen Abend in seinem Schlafzimmer.« Er schaute mich abwartend an. Warum schwieg ich? Ich versuchte, mir meine Motive klarzumachen. Den Mann, in den man verliebt ist, als potentiellen Mörder zu decken, war

absurd. So lagen die Dinge bei mir nicht. Hatte ich Hemmungen, Gallagher gegenüber mein Verhältnis zu John zu erläutern? Ich wußte es nicht.
Warum sagte ich nicht einfach ruhig und deutlich: ›Jeremy, John lügt. Er schlief um halb zehn nicht in seinem Schlafzimmer, wie er behauptet. Er war nicht im Haus. Ich war im Haus. An seinem Bett.‹ Weil ich nicht sicher war, warum er log. Es war der Zweifel – ja, das mußte es sein –, der mich hinderte, dem Polizisten zu sagen, was ich hätte sagen müssen.
Mary kehrte mit dem Tablett in den Händen zurück. Teekanne, Woytila-Teller mit Gebäck, drei Tassen, Milchkrug, Zuckerdose. Sie weinte nicht mehr. Statt dessen hielt sie das Kinn etwas vorgereckt, als wolle sie als tapfer durchgehen. »Daß Father Keane so groß ist, hat noch einen anderen Vorteil.« Wir schauten sie beide überrascht an.
»Auch seine Leiche ist nur schwer zu verstecken.« Iren sind eben für ihren Pragmatismus bekannt.

»Denen werde ich's zeigen!« Kerry hatte sich über die kleine fotokopierte Karte gebeugt. Sie stand am südlichsten Zipfel des Doo Loughs, dort wo der leichte Aufstieg zum Mweelrea beginnt, und hockte sich dann ins hohe Gras. Siobhan und sie hatten seit dieser Woche Ferien, und die Tante in Coventry hatte für eine Woche Kinderlager im Adventure Centre bezahlt. Eine Woche Kanufahren, Surfen, Klettern, Bogenschießen, Bergwandern und Orientierungsläufe mit fünfundachtzig anderen Jugendlichen aus ganz Irland. Harte Stockbetten und Gekicher im Dunkeln. Eklige Suppen und wilde Kissenschlachten. Sie genossen es. Die beiden jüngeren Geschwister waren bei Verwandten in Clare auf dem Bauernhof.
Heute war Orientierungslauf dran. Zu zweit mußte man einer Route folgen, die durch versteckte Hinweise und Botschaften gekennzeichnet war, und Kerry hatte, als ihre Partnerin

Grainne mit einem verstauchten Fuß zum Centre zurückgehumpelt war, entschlossen die Orientierungsroute alleine in Angriff genommen. Eigentlich durfte man nicht alleine rumlaufen, aber sie hatte auch keine Lust aufzugeben.
Wo mochte der nächste Hinweis versteckt sein? Sie schaute von der Karte auf, und ihr Blick fiel auf den düsteren See hinaus. Weit entfernt von ihr, in der Mitte, schaukelte wie fast immer ein Ruderboot. Ein Angler saß im Kahn. Kerry sah wieder auf die Karte. Ob der Weg zum Mweelrea führte? Sie schaute nach links in das Tal hinein, das bis in die dreißiger Jahre dieses Jahrhunderts noch bewohnt gewesen war. Fünf, sechs Häuser sollten es gewesen sein, die verstreut den ersten Aufstieg zum höchsten Berg Connachts säumten. Als Kerry wieder auf den See schaute, fiel ihr plötzlich auf, daß der Angler einen merkwürdigen Kasten neben sich stehen hatte, da wo sonst andere Angler saßen. Der Kahn war zu weit von ihr entfernt, als daß sie etwas Genaueres hätte ausmachen können. Auch den Angler konnte sie nicht erkennen, falls sie ihn überhaupt gekannt hätte. Sie stand langsam auf und wandte sich mit Hilfe der Karte nach links. Das Mweelrea-Massiv bildete fast ein Halbrund von hier aus gesehen. Ohne die Umhüllung von Wolken sah es so aus wie eine Sitzgruppe für Riesen. Zwei schwere grünsamtige Sessel mit ausladenden Lehnen standen sich halb gegenüber, verbunden durch ein achthundert Meter hohes Abstelltischchen. Kerry stapfte los Richtung Berg. Connemara. Berg und Meer hieß das auf gälisch. Das Wasser unter ihren Gummistiefeln quietschte. Hier mußte der Aufstieg sein.
Als sie die erste sanfte Steigung erreicht hatte, drehte sie sich um. Der Angler auf dem Ruderboot schaukelte immer noch in der Mitte des Sees. Doch der Kasten neben ihm war verschwunden.

Der Nebel zog wie immer hier an der Küste schnell und ohne Vorwarnung auf. Wolken, die sich über Tausende von Kilometern auf der Reise über den Atlantik mit Wasser vollgesogen hatten, trafen an der Küste Connemaras erstmals wieder auf Stein. Manche Wolken rissen auf und bescherten der Region die hohe Niederschlagsquote. Andere, watteähnlich, ließen nur feinste Nieseltropfen wie zarte Spitzengewebe auf die Bergkuppen nieder. Von meinem Fenster aus konnte ich die sechshundertfünfundvierzig Meter hohe »Mutter des Teufels« schon nicht mehr erkennen. Dieser Berg, knapp hundert Meter vom Haus entfernt, war verschwunden. Die wenigen schneeweiß gekalkten Häuser auf der anderen Seite des Fjords ebenfalls. Normalerweise liebe ich dieses Wetter, ziehe meine Regensachen an und tauche auf mir bekannten Wegen in den Nebel ein. An jenem späten Nachmittag badete ich meinen Trübsinn in grauen Wolken. Ich hatte in den letzten Stunden mehrmals Johns Nummer gewählt, und niemand hatte abgenommen. Ich war entschlossen, das einzige zu tun, was ich noch tun konnte: ihn zu fragen, warum er gelogen hatte. Ihn zu fragen, wovor er Angst hatte. Ihn zu fragen, nein, das Letzte konnte ich ihn nicht fragen, ich wollte es auch nicht.

Ich gestand mir ein, daß meine Hilflosigkeit John gegenüber andere Ereignisse überzog. Verzweiflung und Gefühle, die mich mitten entzweizureißen drohten, hatten von mir Besitz ergriffen. Das kannte ich nicht an mir. Fühlte es sich so an, wenn man von etwas besessen war? Wenn man sich immer weiter von dem bekannten Ich entfernte in ein Gefühl, das zuerst nur keimte, kaum dünne Wurzeln in der Seele und im Herzen schlug, wie ein bösartiges Krebsgeschwür zu wuchern begann und für kaum etwas anderes noch Platz ließ?

John und die grauenhaften Geschehnisse der letzten Tage und Wochen schienen auf unheilvolle Weise miteinander verwoben zu sein. Wären sie es nicht gewesen, hätten mich die Verbrechen dann genauso tangiert? Die neugierige Journalistin, die allem liebend gern auf den Grund ging, die sich für die Zusammenarbeit mit der Polizei einspannen ließ, die skeptische Person, die gern über sich lachte, war in den letzten Tagen kaum noch vorhanden. Würde sie, wie der Priester, bald völlig verschwunden sein?

Ich zwang mich nun, an Mary McCabe zu denken, erdrosselt. An Liams zertrümmerten Schädel. An den jungen Studenten Padraig, der sterben mußte, weil er hinter das Geheimnis der Archäologen gekommen war. An Seamus, der nicht mehr mit dem Mord an Padraig hatte leben wollen und ihm nachgesprungen war. Ohne Seamus' Geständnis hätte Jeremy den Heroinschmuggel auf den Arans nicht so schnell aufgedeckt und die Schuldigen festnehmen können. Und nun Father Keane. Würde ich ihn lebend wiedersehen? Ich versuchte, unser letztes Gespräch in jeder Einzelheit zu rekonstruieren. Das Böse, der Schlüssel, die Besuche bei Sheelagh. Sheelagh Na Gig. Die Hexe an der Wand, die Erdmutter, der Stein des bösen Blicks, Cailleach, Cathleen Owen. Was hatte Keane vor? Welche Idee hatte er? Die ihn das Leben kostete oder das eines anderen? Ich kauerte mich auf dem Sofa zusammen. Obwohl es erst kurz vor sechs war, schien die Dunkelheit weit fortgeschritten. Vor der Tür hielt ein Wagen. Das Gartentor quietschte. Ich stand auf und konnte undeutlich erkennen, wie Gallagher mit großen Schritten durch den dichten Nebel die Auffahrt hinauf lief. Sie haben den Priester gefunden, durchfuhr es mich. Ich öffnete die Tür und rannte ihm entgegen.

»Jeremy!« Ich rief seinen Namen, obwohl er nur noch zwei Schritt von mir entfernt war. »Father Keane?« Er schüttelte den Kopf. »Kommen Sie mit. Wir müssen zum Adventure Centre. Sie haben vor zehn Minuten angerufen.« Ich merkte, wie der Steinboden unter meinen Füßen nachgab. Hilfesuchend streckte ich meine Hand aus, und er legte seinen Arm um mich und hielt mich fest. »Kerry McCabe ist nicht vom Orientierungsmarsch zurückgekehrt. Sie wird vermißt.«

Die Umrisse des Adventure Centres ließen sich vom Parkplatz aus nur undeutlich ausmachen. Hier in der Nähe des Mweelrea war die Nebelwand, die den Augen Einhalt gebot, noch etwa zwanzig, dreißig Meter von mir entfernt. Als ich aus Gallaghers Wagen stieg, sprühten die Nebelschleier feine Perlen auf meine Haut. In der Eile und der Bestürzung hatte ich vergessen, einen Anorak mitzunehmen. Jeremy bemerkte, daß ich zitterte, und griff auf den Rücksitz seines Wagens. »Nehmen Sie mein zweites Jackett, damit Sie nicht frieren. Es ist zwar keine wasserdichte Wachsjacke, aber der Cord hält auch einiges ab, falls es nicht in Strömen zu regnen beginnt.« Er hielt mir das dunkelbraune Cordjackett hin, ich schlüpfte hinein und versank darin. Es war warm, weich und schwer und roch leicht nach dem After-Shave, das mein zweiter Ehemann benutzt hatte. Das überraschte mich nicht.

Im Centre selbst wartete die junge Frau, die ich schon oft an der Rezeption gesehen hatte, mit einem jungen Mädchen, das sie uns vorstellte. »Das ist Grainne. Sie war Kerrys Partnerin beim Orientierungsmarsch, und hier ist die Karte, die alle hatten.« Sie reichte dem Polizisten die Fotokopie. Grainne erzählte uns unter Tränen, daß sie sich, nachdem sie sich den linken Fuß verknackst hatte, von Kerry trennte, um zum Centre zurückzuhumpeln. Und das war vor über zwei Stunden gewesen. »Ihr wißt doch, daß ihr euch unter keinen Umständen trennen dürft! Immer nur zu zweit!« Grainne heulte wieder los. »Das habe ich Kerry auch gesagt, aber sie wollte partout weitermachen. Was sollte ich denn tun?« Ich versuchte, sie zu trösten. »Dir macht niemand einen Vorwurf. Kerry hat falsch gehandelt, nicht du. Wo wart ihr denn auf der Karte, als ihr euch getrennt habt?« Sie beugte sich über das Papier und suchte unter Tränenschleiern den ungefähren Punkt. In dem Moment tauchte ein junger Mann mit Shorts, dickem Pulli und Wanderschuhen auf und stellte sich als Tony vor, der Führer der Orientierungsgruppe. »Das scheint am Orientierungspunkt fünf in der Nähe des Sees gewesen zu sein. Von dort aus sollte es ein kurzes Stück, nicht mehr als dreihundert Meter, den Mweelrea-Anstieg hochgehen bis zu dem Eingang des Tals, das früher mal bewohnt gewesen ist. Vom Eingang des Tals komme ich gerade zurück, wir haben alles noch mal abgesucht. Das heißt ...«, er hob den Kopf, und wir alle folgten seinem Blick nach draußen, »suchen kann man das eigentlich im Nebel nicht mehr nennen. Wir haben gerufen und mit Trillerpfeifen auf uns aufmerksam gemacht, aber es war niemand da.« Der junge Mann schien auch der Verzweiflung nahe, das sah man ihm an.

»Der Nebel zog innerhalb von kürzester Zeit vom Meer hinter dem Berg auf. Keine der anderen Gruppen ist überhaupt so weit gekommen wie die beiden Mädchen. Alle waren noch unten und sind vorher aus Sicherheitsgründen umgedreht und nicht mehr zum Mweelrea hoch. Nur Kerry scheint so weit gegangen zu sein«, fügte Tony hinzu.

Ich mischte mich ein. »Kerry ist intelligent, ich kenne sie. Und sie kennt Connemara. Sie ist vertraut mit den Tücken des Wetters hier. Wenn sie seit Einbruch des Nebels, also seit knapp zwei Stunden nicht zurück ist, kann das doch auch durchaus bedeuten, daß sie die Gefahr richtig erkannt hat und nun an einem geschützten Ort abwartet, bis sich der Nebel lichtet, statt weiter in der Gebirgslandschaft vom Schotterweg ins gefährliche Moor abzudriften oder auf steilen Abhängen herumzuirren. Darf ich mal?« Tony hatte mit der Trillerpfeife gespielt, die um seinen Hals baumelte. Er gab sie mir, und ich ging hinaus auf den Parkplatz, um ihr ein markerschütterndes Trillern zu entlocken. Gedankenverloren steckte ich sie in die Seitentasche des Cordjacketts, als ich zu den anderen zurückkehrte. Fremde Kugelschreiber und Feuerzeuge finden auf diese Weise immer ein freundliches Zuhause bei mir, ohne daß böse Absicht im Spiel ist. Trillerpfeifen gehörten offenbar in die gleiche Kategorie. Ich merke es nicht, wie sie zu mir kommen.

»Die trägt ziemlich weit«, meinte der Kommissar.

»Werden in so einem Fall nicht umgehend die Betreiber des Centres informiert?« wandte er sich an die junge Frau, und die nickte vehement. »Selbstverständlich. Das ist auch bereits geschehen. Wir erwarten sie jeden Moment.«
Meine Augenbrauen schnellten in die Höhe. »Sie haben mit den beiden gesprochen?«
»Nicht direkt, aber sie sind informiert. Wenn sie die Nachricht erhalten, werden John und Jürgen oder wer zuerst da ist, umgehend herkommen.« Jeremy und ich wechselten einen Blick. Sein Handy fiepte, und er ging auf eine Sitzgruppe an der Seite der Eingangshalle zu, um zu telefonieren.
Sein Gesicht drückte Enttäuschung aus, als er wieder zurückkam.
»Ich hatte um eine präzise Vorhersage der Wettersituation hier an der Küste gebeten, und es sieht leider nicht so aus, als ob sich der Nebel vor Einbruch der Dunkelheit lichten würde.«
»Aber wir können doch nicht hier sitzen und Däumchen drehen, während Kerry vielleicht in Gefahr ist.« Das Letzte hatte ich fast geschrien. Ich spürte, wie mein gewohntes Ich zu mir wie durch geteilte Nebelschleier zurückkam, und ich hielt es fest. »Das habe ich auch nicht vor, Doris. Ein Suchtrupp mit Hunden und Lampen ist aus Westport unterwegs, und sie werden bei dem Wetter, wenn es gutgeht, in einer Viertelstunde hier sein. Tony, Sie werden sie einweisen, wo sie hinzugehen haben. Sie kennen sich aus, und vielleicht gibt es hier noch andere im Centre, die mitgehen wollen.« Tony und die Frau nickten zustimmend. »Und Doris und ich, wir machen uns schon jetzt auf den Weg, oder?« Er sah mich erwartungsvoll an, und ich folgte ihm kurz darauf nach draußen. Vorher hatte ich mir Wanderschuhe in meiner Größe ausgeliehen, Jeremy erschien mit Gummistiefeln und zwei starken Taschenlampen.
»Kennen Sie sich aus?« Die Sicht betrug knappe zehn Meter. Ich hätte genausogut behaupten können, mich im Black Hole, in einem Schwarzen Loch im Weltraum, auszukennen. Oder im

unbeleuchteten Labyrinth eines pechschwarzen Hirns. »Ich bin mehrfach auf den Mweelrea gestiegen von hier aus. Das letzte Mal liegt allerdings schon drei Jahre zurück.«
»Dann übernehmen Sie die Führung, kommen Sie.« Er gab mir eine Taschenlampe, und wir marschierten los. Wir waren keine fünfzig Meter gegangen, als wir ein Keuchen hinter uns hörten. Die Frau von der Rezeption war hinter uns hergelaufen. »Wenn John oder Jürgen auftauchen, soll ich sie dann hinterherschikken?« Jeremy Gallagher klang sehr ruhig. »Nein«, antwortete er. »Die bleiben im Centre, bis wir zurück sind. Unter allen Umständen.«

Kerry sah die Nebelwand über den Berg kriechen. »Verdammt«, zischte sie. Damit hatte sie nicht gerechnet, und was Nebel hier in den Bergen am Atlantik bedeutete, wußte sie. Die Großmutter hatte oft erzählt, wie sie sich, vom Nebel überrascht, vom Weg ab aufs Moor verirrt hatten als Kinder und vor Angst in einem Erdloch kauernd oder in einem verlassenen Schuppen sich die Geschichte von Jack O'Lantern erzählten. Der finstere Moorgeist, der mit seiner Laterne die Kinder ins Moor und damit in den Tod hinauslockte. Mehr als einmal hatte die Großmutter einen halben Tag und die ganze Nacht auf diese Weise verbracht, wissend, daß die Eltern fast verrückt werden würden vor Angst um sie. Aber daran erinnerte sich Kerry genau, man hatte ihnen eingeschärft, bei heraufziehendem dichten Nebel, solange noch etwas zu erkennen war, einen geschützten Ort aufzusuchen und dort zu bleiben, bis man wieder etwas sehen könne. Im Fernsehen hatten sie in den letzten Jahren immer wieder von Bergwanderern berichtet, die bei plötzlichem Nebel abgestürzt und umgekommen waren. Vom Mweelrea alleine hatte man zwei im letzten Jahr geholt. Sie schaute sich um. Der Berg vor ihr, dessen zwei Sessel sie noch vor einer halben Stunde vom See aus bewundert hatte, war

schon verschwunden und wie zu einem Umzug in weiße Watte gepackt. Das Centre unten im Tal mit dem See ganz links war auch nicht mehr zu sehen, obwohl es da unten bisher nur diesig und nicht neblig gewesen war. Sie hätte keine Chance, dorthin zu kommen, bevor der Nebel sie einholen würde.
Langsam ging sie den Schotterweg entlang, der durch das schmale Tal führte, an dessen Ende der achthundert Meter hohe Berg den Zugang zum Meer versperrte. Hier war sie noch nie gewesen, aber im Heimatkundeunterricht hatte sie gelernt, daß einmal über sechzig Menschen hier gelebt hatten. Die letzten waren ausgewandert, kurz bevor ihre Eltern geboren wurden. Das war solange noch nicht her, schoß es ihr durch den Kopf. Da mußte es noch Häuser und Scheunen geben, die ihr als Obdach dienen könnten. Selbst die verwaisten Dörfer aus der Zeit der Hungersnot vor hundert Jahren waren noch als solche zu erkennen. Gerippe von Katen, die dachlos überall in Irland, aber besonders an der Westküste, als gruseliges Freilandmuseum kostenlos über irische Geschichte informierten. Sie strengte ihre Augen an. Versuchte durch die Schleier, die immer näher krochen, durchzudringen. Da! Ungefähr fünfzig Meter weiter rechts oben konnte sie die Umrisse eines gedrungenen Gebäudes ausmachen. Und da! Weiter geradeaus, nicht ganz so weit, stand ein zweites. Also. Sie atmete tief durch. Eins von beiden würde sie als Unterschlupf wählen. Warm angezogen war sie, Angst hatte sie auch nicht außer vor dem Nebel, doch müde fühlte sie sich mit einem Mal. Morgen würde die Sonne über Mweelrea stehen, und sie würde ins Tal zurückspringen. Sicher würden sie sie jetzt schon vermissen. Sie biß sich auf die Lippen. Ein Donnerwetter über ihren Alleingang war wahrscheinlich nicht zu umgehen. Hoffentlich würde man sie nicht nach Hause schicken. Aber die Erleichterung darüber, daß sie heil und gesund auftauchen würde, würde den Zorn verrauchen lassen. Da kannte sie sich aus. So war das bei Mutter auch immer gewesen. Mum. Kerry merkte, wie die Tränen kamen. Sie stapfte weiter.

Sie hatte sich für die Kate vor ihr auf dem Weg entschieden und war jetzt nur noch knapp fünfzehn Meter von ihr entfernt. Es gab eine Tür, die geschlossen war, und zwei Fenster, die vernagelt waren. Links und rechts standen Ruinen kleinerer Gebäude, die Ställe gewesen sein mußten. Dichtes Gestrüpp hatte die Steinhäuschen unter sich fast erdrosselt. Doch das Cottage selbst lag völlig frei. Plötzlich zuckte sie zusammen und stieß einen Schrei aus. Hatte sie da nicht kurz ein Licht hinter dem Gestrüpp aufflackern sehen? Jack O'Lantern ... Der böse Moorgeist, der Kinder tötete. Die Großmutter glaubte fest daran. Doch nun sah sie nichts mehr. Kein Licht, keinen Schatten im Nebel. Es war fast windstill. Das bedeutete, der Nebel würde sich hier häuslich einrichten. Aber es bedeutete auch, daß die Banshee, die mit ihrem Heulen den Tod ankündigt, nicht plötzlich auftauchen und singen würde. Kerry atmete tief durch und legte ihre Hand auf die Klinke der Tür.
Sie drückte sie herunter und war überrascht, daß sie nicht sofort nachgab. Hier schließt eigentlich niemand etwas ab. Sie ging ein Stück an der Hauswand entlang und fand auf der Rückseite der Kate ein kleines Fenster. Zu ihrer Erleichterung konnte sie sich hindurchzwängen. Der Raum, in den sie gelangte, war stockdunkel. Doch wider Erwarten war er warm und trocken, so als hätte noch vor wenigen Stunden ein Feuer den Bewohnern Wärme gespendet. Sie zog die Luft durch die Nase ein. Nein, das war kein Torffeuer gewesen. Der schwache Geruch, den sie wahrnahm, erinnerte sie eher an die Messe. Kerzenwachs war es, genau.
Sie tastete sich langsam vorwärts und stieß gegen einen Gegenstand, der auf dem Boden stand. Metall. Viereckig. Vorsichtig versuchte sie, eine Wand zu erreichen. Mit winzigen Schritten durchquerte sie den Raum, bis sie wieder mit den Händen etwas greifen konnte. Ihre Finger fanden Stein. Aber es war keine Steinwand, die sie abtastete. Nein, ihre Kuppen glitten über glatten, polierten Stein. Rundungen. Ein Kopf. Vielleicht. Ein Körper.

Kerry hielt plötzlich in ihren Bewegungen inne. Was ihre Hand berührte, war, so kam es ihr vor, eine Figur aus Stein.
Was sie berührte, war eine Sheelagh Na Gig.

»Sind Sie der Meinung, daß Kerry wirklich in Gefahr schwebt?« Wir stiegen nebeneinander den schmalen Pfad empor. Die Lichtkegel der Taschenlampen tasteten sich durch die Nebelschwaden wie durch Mull.
Jeremy blickte mich von der Seite an. »Welche Art von Gefahr meinen Sie? Die von der Natur oder die von Menschen ausgeht?«
»Ich unterstelle einem Mädchen in Kerrys Alter, das hier an der Atlantikküste inmitten der Bergwelt Connemaras aufgewachsen ist, daß sie weiß, wie man sich bei plötzlichem Einbruch dichten Nebels vernünftig verhält. Menschen, die hier immer wieder verunglücken, stammen in den seltensten Fällen aus der Gegend.« Ich stieß den Atem hörbar aus. »Nein. Das meine ich eben nicht. Aber hier läuft wahrscheinlich ein Mörder frei herum. Jemand, der nicht zögert, umzubringen, was ihm gefährlich werden kann.«
Wir waren stehengeblieben und überlegten, welche Richtung wir einschlagen sollten. »Aber«, ich zögerte, »ergibt es einen Sinn anzunehmen, der Mörder würde, wenn er es auf Kerry abgesehen hätte, hier auf sie lauern, nachdem ihre Partnerin sich völlig unplanmäßig den Fuß verstaucht und Kerry wiederum überraschenderweise im plötzlichen Nebel verschwindet?«
Der Polizist stimmte mir zu, gab aber zu bedenken, daß der Mord an Kerrys Mutter ihm bisher auch ohne rechten Sinn erschien.
»Aber der Mörder wußte, wo Mary zu finden war, im Gegensatz zu Kerry.« Ich hatte Jeremy von den verlassenen Katen erzählt, an denen ich vor Jahren vorbeigewandert war. Das wäre ein Ort, wo sie Unterschlupf gesucht haben mochte. Die erste Hütte konnte nicht mehr weit sein.

»Glauben Sie, daß Father Keane noch lebt?« Jeremy war in ein schlammiges Loch gesunken, ehe er mir antworten konnte. Er fluchte leise, es war das erste Mal, daß ich Unfeines aus seinem feinen Mund hörte. Ich stützte ihn, so gut es ging, bis er den Fuß wieder freibekommen hatte. »Ich weiß selbst nicht mehr, was ich glauben soll, was ich glauben muß, was ich glauben kann. Alles, was wir wissen, erscheint so widersprüchlich. So merkwürdig zerrissen. Es scheint, als hätten die verschiedenen Dinge nichts miteinander zu tun, und doch müssen sie irgendwie zusammenhängen.«

»Wie beim Tanzen.« Ich hatte fast für mich gesprochen. »Wie bitte?«

»Wie beim irischen Tanz. Ich finde es immer faszinierend, daß der obere Teil des Tänzers mit dem unteren nichts zu tun zu haben scheint.« Er nickte.

»Stellen Sie sich vor, Sie verdecken den Tänzer bis zum Bauchnabel mit einem Tuch. Würden Sie dann annehmen, er tanze?«

»Nein.«

»Dann wechseln Sie das Tuch. Halten Sie es oben davor. Könnte sich jemand vorstellen, dem irisches Tanzen nicht vertraut ist, daß der Kopf und der Oberkörper völlig unbeteiligt bleiben, während unten die Füße die tollsten Sprünge vollziehen?«

»Wahrscheinlich nicht.«

»Erst wenn man den Tänzer komplett sieht, erkennt man den Zusammenhang von beiden Teilen.«

»Aber versteht man ihn dann?« Ich schwieg.

Langsam tauchten die Umrisse der ersten Kate aus dem Nebel auf. Da es nun schon sehr dunkel war, sahen wir das Haus erst kurz bevor wir vor ihm standen. Ich drückte auf die Klinke.

Sie gab nicht nach. Verschlossen. Ich zuckte mit den Schultern und schlug vor weiterzugehen.

Wir waren schon wieder ein paar Minuten auf dem Weg, als Jeremy sich regte. »Merkwürdig.«

»Was?«

»Daß diese verlassene Kate abgeschlossen ist. Das ergibt keinen Sinn, da stimmt etwas nicht. Bleiben Sie hier, Doris!«
»Kann ich nicht lieber mit Ihnen gehen?« Ich merkte, wie ich Angst bekam. Er zögerte einen Moment, nahm dann aber meine Hand und flüsterte mir zu, mich so leise wie möglich mit ihm zur Hütte zurückzuschleichen. Ich nickte. Der Rückweg währte wesentlich länger, da wir die Taschenlampen ausgeschaltet hatten und aufpassen mußten, auf dem steinigen Boden keine Geräusche zu verursachen. Als wir in der Nähe der Hütte ankamen, bedeutete mir Jeremy, vorne zur Tür zu gehen. Er wollte sich die Kate von hinten ansehen. Ich zitterte, während ich alleine an der Tür stand und versuchte, mich nicht zu bewegen. Dann legte ich mein Ohr an die Tür, doch nichts war von drinnen zu hören. Nach ein paar Minuten stieß der Polizist wieder zu mir. Er hatte seine Dienstpistole gezogen und gestikulierte, daß ich mich die Hauswand entlang von der Tür wegbewegen sollte. Dann ballerte er plötzlich mit der freien Hand gegen die Tür. »Machen Sie auf! Hier ist die Polizei. Öffnen Sie die Tür!« Ich hielt den Atem an. Von drinnen drangen plötzlich Geräusche an mein Ohr. Ich machte die Augen zu, als nach einer Ewigkeit die Tür von innen aufgeschlossen wurde. Jeremy, das konnte ich vorher noch schemenhaft erkennen, ging neben der Tür in Deckung. Als ich die Augen wieder öffnete, sah ich Johns Gesicht, von den langen schwarzen Haaren fast bedeckt. Ich merkte, wie mir die Tränen übers Gesicht liefen. Jeremy untersuchte ihn nach Waffen.

Im nachhinein weiß ich nicht mehr genau, wie lange wir regungslos in der Dunkelheit nebeneinander standen. Es mochte über eine halbe Stunde gewesen sein, vielleicht auch mehr. Wir wechselten kein Wort miteinander. Um uns herum an den Wänden hingen Sheelaghs. Ich hatte noch keine Zeit gehabt, sie mir genauer anzusehen. Das mußte warten. Doch zunächst warteten wir in diesem Raum, der eine seltsame Mischung aus Sakristei und pornographischer Kunstsammlung darstellte. Als sei hier gleichzeitig etwas Demütiges und Obszönes vollzogen worden. Ich begriff nichts. Schließlich hörten wir die Schritte, auf die wir endlos gehofft und gewartet hatten. Ein Schlüssel wurde ins Schloß gesteckt und gedreht. Keiner wagte zu atmen. Die Tür ging auf, und der Strahl der Taschenlampe, die der Besucher hielt, schlug auf den Boden vor uns. Wir blieben in der Dunkelheit verborgen. Der Besucher griff zielsicher auf ein Regal neben der Tür und zündete drei Kerzen an, die in einem silbernen Leuchter steckten. Als er sich umdrehte, sah er uns. Doch er wirkte nicht überrascht, sondern lächelte freundlich. »Sieh an, Besuch. Besonders über deinen freue ich mich, Doris. Eigentlich hatte ich euch auch irgendwann hier erwartet.« Jeremy schaute Jürgen Federking abwartend an. »Nicht, daß ich hier der Gastgeber wäre«, fügte er noch hinzu. »Was meinst du damit?« Es war das erste Wort, das ich herausbrachte. Er machte eine ausladende Bewegung mit beiden Armen in die Runde. »Diese Sammlung mehr oder minder anmutiger Damen beeindruckt mich zwar, sie zeugt von einer gewissen Hingabe an eine Sache, was ich schätze, aber«, er zeigte auf den niedrigen Betstuhl mit dem Kissen vor der großen Figur, »das ist doch eher nicht mein Stil.« »Und«, er hatte sich jetzt dem Polizisten zugewandt, »wenn Sie sich die Mühe machen würden, Fingerabdrücke zu nehmen, und ich vermute mal, daß Sie das werden, schließlich geht es um Mord, werden Sie überall auf den Sheelaghs und anderen Gegenständen seine finden. Und die können Sie ja dann mit denen, die auf dem Meßkelch sind, vergleichen. Er selbst steht ja im Moment bedauerlicherweise nicht zur Verfügung, wie ich höre. Vielleicht hält er sich im trauten Kreise anderer flüchtiger Bischöfe in Mittelamerika auf.« Jürgen lachte laut.

»Seit wann wußten Sie von Keanes Geheimnis?« Gallagher hatte ihm die Frage gestellt, und Federking antwortete sofort. Er

wandte sich mir zu. »Seit dem Abend nach deinem Besuch bei uns. Als dich John nach Hause fuhr. Er rief mich an und sagte, er wolle mich um etwas bitten.«
»Warum Sie?« Der Deutsche zögerte einen Moment.
»Das habe ich mich zuerst auch gefragt. Ich kann seine Beweggründe nur vermuten, und die wären, daß ich als Nichtire in der Gemeinde und Nichtkatholik nicht zähle und es ihm deshalb nicht so peinlich war.«
»Mord ist keine Peinlichkeit, Mr. Federking. Sie haben einen Mörder gedeckt. Sie hätten sofort Garda verständigen müssen.« Gallagher sprach den Vorwurf ohne Vorwurf in der Stimme aus.
»Halt. Nicht so schnell, Mr. Gallagher. Ich habe mir nichts vorzuwerfen. Father Keane rief mich an und bat mich lediglich, etwas für ihn mit dem Landrover von hier zu ihm zu transportieren, ein kleines archäologisches Hobby, das er habe und das nicht so ganz gut katholisch sei, wie er hinzufügte. Dann beschrieb er mir exakt dieses Cottage, das ich von meinen Wanderungen in der Gegend genau kannte, aber nie betreten hatte, und er erklärte mir, wo der Schlüssel zu finden sei.«
Er hielt inne und schaute dem Inspektor ins Gesicht.
»Bist du so freundlich und löschst für einen Moment die Kerzen, Jürgen?« Er schaute mich perplex an.
»Ein Zaubertrick, Doris?« Ich versuchte zu lächeln. »Nein, nur ein kleiner Versuch. Es wäre lieb, wenn du mir dabei hilfst.«
»Für dich tu ich fast alles, meine Liebe.« Er drehte sich um und blies die Kerzen aus.
»Kannst du jetzt mal für mich eine der Figuren beschreiben?«
»Welche?«
»Vielleicht die große mit der Scheibe in der Hand? So, als hätte ich sie nie gesehen.«
Jürgen zögerte einen Augenblick. Ich bemerkte die leichte Bewegung des Polizisten neben mir. Er zögerte immer noch.
»Jürgen, bitte«, bettelte ich. »Also gut. Ich weiß zwar nicht ge-

nau, wieso, aber in Ordnung. Also: Sie ist sehr schlank, hat schmale Hüften, kleine Brüste, vielleicht kann man sagen, sie blickt skeptisch.« Er schwieg. »Ja, und?«

»Mach die Kerzen wieder an. Danke.« Er entzündete ein Streichholz, und es wurde hell. »Ja, genau wie auf der St. Killian. Ich erinnere mich jetzt. Es war deine Stimme.«

Gallagher stand nun vor der Eingangstür. Jürgen drehte sich zu mir. »Quatsch. Ich habe die Figur gestern zum erstenmal gesehen.«

»Du lügst.« Jeremy hatte lautlos den Vorhang beiseite geschoben, und John stand im Raum. »John!« Federking klang ernsthaft bestürzt.

Der dunkelhaarige Mann ging langsam auf ihn zu und schaute an ihm vorbei. Gallagher stand nun in der Tür, ich auf der anderen Seite. In der Mitte des kleinen Raumes die beiden Freunde.

»Seit dem Mord an Mary begann ich hinter dir herzuspionieren. Dein Verhalten vorher, sagen wir mal in den letzten drei Jahren, war schon merkwürdig genug.« Jürgen schaute ihn irritiert an. Alle freundliche Verbindlichkeit war von ihm abgefallen. »Daß ausgerechnet du merkwürdiges Verhalten an anderen feststellst, ist schon merkwürdig genug, wenn du mich fragst.« John ignorierte die Bemerkung.

»Ich wußte von deiner Bekanntschaft mit Liam seit einem Jahr und von dem Raub der Sheelagh an Ostern. Und in der Nacht warst du nicht zu Hause, das weiß ich genau.«

»Es war seine Stimme, ich bin sicher.« Kerry trat hinter dem Vorhang hervor, der den ehemaligen großen Kamin verschloß, in dem sie sich verborgen hatte.

»Damals konnte ich ihn auch nicht sehen. Er war ja hinter der Friedhofsmauer. Aber ich habe Mum erzählt, daß ich eine Stimme vielleicht kannte. Das war aber die Stimme des Lehrers aus Westport. Das fand sie komisch. Sie sagte, sie habe vor einem Jahr zwei Briefmarkensammler zusammengebracht durch einen Artikel in der Zeitung. Dann fing Mum an nachzudenken, glaube ich. Und einmal sagte sie: ›Vielleicht habe ich etwas ganz Dummes gemacht. Ich muß mal jemanden fragen.‹ Aber was, sagte sie nicht.«

»Ich weiß nicht, ob Liam schon lange Sheelaghs klaute, bevor ihr euch kennenlerntet. Aber Liam war hinter Geld her. Und ihn sah ich nie in diesem Haus. Aber dich. Du kamst regelmäßig. Und ich war hier. Auch regelmäßig, draußen. Zu Fuß kam ich her oder zu Pferd. Ich sah dich, und ich wußte nicht, was da vorging. Ich wußte nicht, was ich denken sollte.« Johns Stimme klang langsam und leise.

Jürgen stand regungslos vor ihm. »Ich wußte nicht, was hier drin war. Und ich folgte dir auch an dem Abend nach Leitrim, als du Liam ermordet hast. Aber ich war viel zu weit weg, um es verhindern zu können. Ich beobachtete nur, wie ihr ankamt und wie du alleine abfuhrst, von einem Versteck aus in der Nähe des Dorfs. Father Keane war nicht da. Nur du.«

»Und warum hast du dich nicht vertrauensvoll an die Polizei in Person unseres geschätzten Mr. Gallagher gewendet?« Jürgen tat immer noch souverän.

»Ich wußte nicht, was ich denken sollte. Als ich zum erstenmal den Priester hierherkommen sah, war ich komplett verwirrt. Du kamst hierhin, und er kam. Nie kamt ihr zusammen. Ihr schient nichts miteinander zu tun zu haben. Und doch traft ihr euch hier, ohne euch jemals zu treffen.« Stille. Die Widersprüche. Der Kopf, die Beine. Das Außen, das Innen. Das Oben. Das Unten. Wie beim Tanzen. Es fügte sich zusammen. Endlich ergab es einen Sinn. So mußte es gewesen sein. Beweisen konnte ich es nicht.

»Sie hatten auch nichts miteinander zu tun, John. Sie wußten noch nicht einmal voneinander lange Zeit. Das heißt, Father Keane wußte nicht, wessen Sheelaghs er besuchte. Du hast Jürgen vor drei Jahren, als du von der Ausstellung in Cork kamst, mit den Sheelaghs bekanntgemacht. Er wurde von ihnen völlig besessen und wollte sie besitzen, koste es, was es wolle.« Jürgen sah mich belustigt an. Ich fuhr unbeirrt fort in meiner Spekulation.

»Jürgen richtete sich diesen bizarren Tempel ein. Und den muß der Pfarrer irgendwann durch Zufall gefunden haben. Er streifte oft hier herum. Auch Father Keane war von der Sheelagh angezogen. Aber er betete sie an. Er diente ihr als keltischer Priester, seiner heiligen Bridget oder eher der heiligen Gobnait, die oft mit der Sheelagh gleichgesetzt wird. Ich habe mich kundig gemacht. Ich weiß von ihm selbst, daß er jedes Jahr am elften Februar, am Tag der heiligen Gobnait, nach Ballyvourney im Süden, da wo er herstammt, wo auch Sylvias Onkel herstammt, zu ihrem Schrein pilgerte. Er wird von diesem Sheelagh-Schrein überwältigt gewesen sein. Das war noch besser als seine eigene einzelne Sheelagh in der kleinen Kirche in Renvyle. Ich kann mir vorstellen, daß er ab und zu hierherpilgerte, ohne wissen zu wollen, wem er die Sheelagh zu verdanken hatte. Das Wissen hätte ihn sogar belastet. Das war seine dunkle Seite, sein Geheimnis. Den Abgrund wollte er nicht sehen. Erst, als er merkte, daß für die Sheelagh gemordet wurde, konnte er nicht mehr so tun, als ginge ihn das nichts an, und er kam in ein moralisches Dilemma. Er selber betete sie an, hätte aber nie Böses für sie getan, wie er es nannte.

Dieser Tempel wurde von zweien benutzt. Von zwei verschiedenen Menschen. Vermutlich auf unterschiedliche Art. Und die letzte Idee des Priesters war, seine Feigheit und sein Augenverschließen zu beenden und dem anderen Sheelagh-Liebhaber, dem, der für sie mordete, hier aufzulauern. Das hat ihn dann das Leben gekostet.«

Jürgen schaute mich an. »Und dann habe ich die riesige Leiche des Priesters hier vergraben?«

»Nein, die ist im Doo Lough in der Kiste!« rief Kerry plötzlich. Jürgen erbleichte. Jeremy nahm ihn fest. Ich blies abwechselnd mit John ausdauernd auf der Trillerpfeife. John vermied es, mich anzusehen, und blickte in den Nebel hinaus. Nach einer halben

Stunde tauchte der Hundesuchtrupp der Garda aus Westport bei uns auf. Keanes Leiche wurde am nächsten Tag aus dem dunklen See geborgen. Die darauf folgenden Untersuchungen am Tatort und in Leitrim überführten Jürgen Federking.
Dem Begräbnis Michael Keanes wohnte eine unüberschaubare Menschenmenge aus ganz Connemara bei. In den Zeitungen und im Fernsehen wurde er als Held und Märtyrer gerühmt und beweint. Meine Vermutungen blieben im dunkeln, schwammen unter der Oberfläche. Gallagher lud mich ein, ihn bei meinem nächsten Aufenthalt in Dublin zu besuchen. Die Sheelaghs kehrten in ihre früheren Domizile zurück oder fanden im Nationalmuseum ein neues Zuhause. John und ich gingen uns in den folgenden Tagen aus dem Weg. Schließlich verabschiedeten wir uns per Handschlag. Mir ging es monatelang sehr schlecht, und ich war unfähig, nach Irland zu fahren. Dann veröffentlichte ich eine große Serie über keltische Rituale in einem bekannten Magazin. Ein Jahr später erhielt ich von John eine Karte mit Belanglosigkeiten aus Australien. Er hatte das Adventure Centre verkauft und war ausgewandert. Er lebte als Farmer in der Wüste. Ich riß die Karte in der Mitte durch.

Heinrich Böll
Irisches Tagebuch

KiWi 434

»Weil man in Irland hat, was uns abhanden kam, Zeit an sich, darum liebt Böll dieses Land, das er so wundervoll sinnlich, mit so viel atmosphärischer Intensität, so humorvoll und auch so dramatisch zu schildern versteht.« *Sonntagsblatt*

KiWi Paperbacks bei Kiepenheuer & Witsch

Franca Magnani
Rom

Zwischen Chaos und Wunder
Herausgegeben von Sabina Magnani-von Petersdorff
und Marco Magnani in Zusammenarbeit
mit Reinhold Joppich
Mit zahlreichen Abbildungen
KiWi 484
Originalausgabe

Diese bisher noch nicht in Buchform veröffentlichten Geschichten von Franca Magnani zeigen den Zauber Roms fernab der Touristenpfade und laden ein zu einer Entdeckungsreise in die Heimatstadt der großen Journalistin.

Franca Magnanis Liebeserklärung an die Ewige Stadt

KiWi
Paperbacks
bei Kiepenheuer
& Witsch

Freda Warrington
Dracula – Der Untote kehrt zurück

Roman
Aus dem Englischen von Isabell Lorenz
KiWi 474

Bram Stokers Dracula kehrt zurück …
Die im wahrsten Sinne »unheimlich« spannende Fortschreibung des klassischen Vampirromans von Bram Stoker.

KiWi
Paperbacks
bei Kiepenheuer
& Witsch